ガラスの50代

酒井順子

講談社

ガラスの50代

目次

ガラスの50代

三度目の成人式

夏目漱石は、満四十九歳で亡くなりました。日本を代表する文豪が、五十歳にならずして亡くなっているという事実に、私は驚きます。そして既に五十を数歳過ぎている自分の年齢に気づき、「まさに、馬齢……」などと思う。そのような言い方をしたら、馬にも申し訳ないというほどに。

漱石が生きたのは、「人生五十年」の時代でした。慶応三年に生まれ、大正五年に他界している漱石ですが、たとえば明治天皇は五十九歳で、大正天皇は四十七歳で亡くなっています。そんな時代に四十九歳で亡くなっても、「早すぎる」という感覚は、あまり無かったのではないか。

処女小説『吾輩は猫である』を書いてから、その死によって未完で終わった『明暗』まで、小説家としての活動期間は、わずか十二年。その間に書いた小説の多くは、今でも文庫で読むことができます。

夏目漱石と自分を比べるつもりなのか、という話は置いておくとして、自分のキャリアを振り返ってみれば、初めての本を出してからもう、三十年。その後、恥ずかしいほどたくさん本を出していますが、後世に残るものはなかろう。

人生百年時代の今、五十代として生きている自分を見てみますと、人生五十年時代の五十代と比べて、明らかに「薄い」のでした。若い頃から「人生百年」と意識していたわけではないけれど、ゴールがはるか彼方にあるということは、どこかで感じながら生きてきた私達。五十年と百年ということで、単純に考えれば人間の一生は二倍に希釈されたわけですが、実感としてはもっと人生はサラサラになっている気が……。

たとえばあなたは、自分が「大人」であるという意識は、持っているでしょうか。もちろん、選挙で投票することはできるし、何なら立候補だってできるのです。振り袖を着た成人式はほとんど前世の記憶になりつつあるし、

「二度目の成人式でーす」

などと自虐をしてみせた四十歳の頃の記憶も、もはや危うい。……という年齢にもかかわらず、自分の中に〝非大人〟の成分が意外とたっぷり混じっていると感じることが、ありはすまいか。

人の寿命がうんと延びたことは、世の中に様々な問題を起こしていると私は考えます。

「いつまでも若くいなくては」とか「セックスレス生活がもう何年も」といった大人の女性が抱きがちな悩みも、突き詰めて考えてみると、寿命が長くなっていることと関係しているのです。

人生五十年だった頃、女性達は四十代で十分に、初老。「美しくありたい」といった欲求は過去のものとなり、そろそろ人生のまとめに入る年齢でした。しかし、寿命が延びてゴールがぐっと先に設定されたが故に、女性は「いつまでも若く美しく、そしてモテてもいたい」といった欲求に取り憑《つ》かれるようになったのです。

セックスレスにしても、そうでしょう。人生が五十年なら、結婚生活はせいぜい三十年。四十になって初老意識が出てきたら、「セックスしてない……」などという思いからは卒業したことでしょう。対して結婚五十年の金婚式を祝う夫婦が珍しくない今は、五十歳になっても六十歳になっても、セックスについて考え続けなくてはならないのです。

そんな諸問題の中の一つに、「人がなかなか大人にならない」というものもあります。私も成人式で振り袖を着ましたが、その時は大人になる儀式と言うより、七五三の延長にあるコスプレイベントのような感覚でした。我が親も、七五三感覚で私に振り袖を着せてくれたような気がするわけで、きれいなおべべを着た我が子が「大人」だとは思っていなかったのではないか。

その後、就職して社会人となった時も、大人になる好機であったとは思います。が、バブルという時代のせいもあってか「楽しく生きていればいいわけですよね？」という雰囲気に呑まれ、成人するタイミングを逸する。

長寿社会を生きる者にとって、「大人になった！」という真の実感を得るのは、三十代のどこかなのではないかと、私は思います。それは結婚や出産の時なのかもしれないし、仕事で何かを成し遂げた時かもしれません。人が「子供」の世界から完全に抜けるには、二十代では早すぎるのではないか。

二十歳で振り袖を着るのは、仮の成人式。その後、人それぞれではあるものの、三十代のどこかで、二度目の、そして真の成人式を迎える我々。ちなみに私の場合は、三十二歳が、そのタイミングでした。

割と長く付き合ってきた相手がいたところに、違う相手が登場。「こっちの方がいいかも～」と乗り換えてみたら、うまくいかずに自滅。……と言うと軽く聞こえますが、それまであまり悩みというものを知らずに生きていた私にとって、それは落とし穴にはまったような感覚でした。すったもんだの末に精神のバランスを崩し、

「もしかして、人生って大変なのかも！」

と初めて気づくという、個人的には衝撃的な体験だったのです。

仕事の面でも、その頃は転換期だったと思われます。それまでは、若者の世界観を楽しげに記すという芸風だったのが、三十代にもなってその手のことばかり書いているのは、自分

にとっても他人にとっても「痛い」。これからどうする自分、と思うように。

驚くほどに悶々とした気分が深まり、人生初の「食欲が無い」という状態に陥った私。表情はどんよりと曇り、気がつけば三十二歳は女の厄年。……ということで、近所の神社で厄払いもしてもらいましたっけ。

幸いにしてその後、精神状態は回復しました。誰とも交際していないので豊富にあった時間を利用して、興味がある分野の勉強を始め、仕事の面でも、それまでとは違う道に踏み出してみるように。後から考えてみれば、「あの時が、私にとっての成人式だったのだなぁ」と思うのです。

武士の時代、人は十三歳くらいで元服をしていました。それと比べれば、三十二歳というのは遅すぎる目覚めです。

しかし武士は、いつ戦場で果てるともわからない身。彼等は、早めに大人になっておかなくてはならなかったのです。

対して私は、昭和の末期、バブル前夜に二十歳の仮成人式を迎え、個人的な真の成人式を迎えたのは、その十二年後の平成十年。生まれてから三十二歳まで、ずっと平和な時代が続いていました。平成七年には阪神・淡路大震災や地下鉄サリン事件があったものの、自分が渦中にいたわけではない。また就職するまではバブルで景気もよく、その点でも危機感は無かったのです。

安心や安定は、人を子供のままにいさせてくれます。対して不安に不安定に不幸といった「不」の事態に見舞われた時、人はもがき、模索し、大人になっていく。平均寿命が延び続ける時代とはすなわち平和な時代であるわけで、私が三十二歳までとろりとしたぬるま湯の中で半眼で生きていたのも、自明のことなのかもしれません。

三十二歳で成人した後は、すっかり大人になった気分で三十代、四十代を生きてきた私。しかし五十歳になってから湧いてきたのは、「本当に私、大人なのか?」という疑惑でした。この年になってもまだ、自分の中には「甘えたい」という気分がある。三十二歳で一皮剝けた気がしていたが、実はまだ剝ける皮があるような気がして、もぞもぞしてきたのです。

そんな今、感じているのは、

「もう一回、来るのかも」

ということなのでした。何が来るのかといえば、他でもありません、「三度目の成人式」が。

私の場合は、三十二歳の二度目の成人式まで、自分の中に「子供」の残滓《ざんし》がありました。自分が楽しく生きていくことができれば、それでOK。面倒なことは「オトナ」に任せておけばOK。……というように。二度目の成人式以降に、「自分のためだけに生きていても、飽きてくるのだなぁ」とか、「自分の尻は自分で拭わなくては」といったことに気づくようになったのです。

それから、二十年。五十代となった今、また精神の蠕動《ぜんどう》のようなものを、私は感じるのでした。さらにもう一皮、剝けなくてはいけないのではないか、と。

五十代のそれも前半というのは、特に女性にとって節目となる時期です。まずは何といっても、更年期のお年頃。二〇一八年末、「M-1グランプリ」の審査員・上沼恵美子《かみぬまえみこ》さんの審査へのイチャモンがネットにアップされた、ということが話題になっていましたが、炎上に油を注いだのが、その中で「更年期」という言葉が使用されたこと。

しかし当時六十三歳の上沼恵美子さんは、おそらくもう更年期は卒業しているお年頃ではないか。もちろん人によって長期間続くケースもあるものの、更年期と言われて響くのはアラフィフの年頃だろう、と思う。

上沼さんを「更年期」とした男性芸人さんの、更年期に対する知識のあやふやさを、このエピソードは物語っています。中高年女性を揶揄《やゆ》する時は「更年期」と言っておけば効果的だろう、くらいの感覚でこの言葉は使用されているわけで、特に男性にはよく知られていないのが、更年期の実態なのです。

私もまさに、更年期世代。ホットフラッシュのようなわかりやすい現象はまだないのですが、周囲を見ていると、様々な事例が見られます。自分も、何か体調に不安があると、「これは更年期の一症状なのだろうか。それとも、もっと重大な病気なのだろうか」などと、不安にさいなまれる。……ということで、我々は肉体的に一つの節目を迎えているのです。

人生においても、この時期は様々なことがあります。まずは、親が要介護になったり病気になったり亡くなったりと、とにかく親が「頼ることができる存在」ではなくなり、完全に「こちらが面倒を見てあげる存在」となるのでした。

私の場合、二親とも既に他界しているのですが、親の介護をした経験はありません。親御さんのお世話が大変な友人からは、

「こんなことを言っちゃいけないのだろうけど……、でも正直言って、羨ましい」

と言われるのであり、その気持ちはよくわかる。

私は、両親共に後期高齢者となった姿を見ていません。ですから親の老化というイメージがはっきりしないのですが、友人達は、介護の大変さと同時に、

「あのしっかりしていたお父さんが」

とか、

「料理好きだったママが」

といった寂しさも、抱えています。親子の力関係は、子供が成長するにつれ次第に逆転するものですが、逆転現象が終了するのが、五十代なのです。

子供がいる人の場合は、子供との関係性にも変化が生じてきます。すなわち子供が完全に自立して、自らの元から飛び立っていくのが、この頃。

最近の親子はとにかく仲が良いので、子離れの苦悩を感じない親子は増えているのかもし

れません。が、仲良し親子だからこそ、

「就職するので、家を出ます」

「結婚します」

となった時の分断感は、強い模様。

息子と恋人のように仲が良かった友人は、やはり息子に彼女ができた時、まるで失恋したかのように落ち込んでいました。友人は、結婚歴が長い夫婦のほとんどがそうであるように、

「夫とセックスなんて何十年もしてないし、完全に仮面夫婦」

と言い放つわけですが、その分、深く息子を愛していたのです。彼女ができたからといって怒るわけにもいかず、かといって息子や恋人の代替物となる韓流アイドルやジャニーズについては素人。行き場の無い愛を抱えて、友人は彷徨《ほうこう》を続けています。

親が自らの庇護下に入り、子供は庇護下から離れていく。……という家族の変化の他に、仕事の面でも、五十代は節目です。会社員であれば、そろそろゴールが見えてきて、自分の立ち位置を意識するように。出世コースに乗る人はさらにガツガツいくかもしれませんが、そうでない人は、どのような着地をしたいか、また着地した後はどうするか、とイメージするようになるのでした。

会社員ではない私もまた、仕事については、色々と考えるようになっています。老人でも

ない。かといって中年と自称するのも申し訳ない気分になるこのお年頃、どのようなものを書くべきか、などと。

そうしてみますと、五十代というのは、「若さ」と完全に訣別する年頃なのかもしれません。そう聞くと、

「ちょっと待って、まだ『若さ』を持ってるつもりだったわけ？」

と驚かれる方は多いと思いますが、そうなんですよ。今の五十代は、自分達の加齢に合わせて、「VERY」「STORY」「HERS」といった、中年向け女性誌が創刊されてきた世代。それらの雑誌は、中年にも若さとモテを、と女性達にハッパをかけ続けました。人生も百年続くのだとしたら、確かに早くから老け込んでいては長すぎる老後が待つばかり。若さって、ずっと持ち続けることができるのかもね〜。といったお目出度さを、四十代はどこかで持っていました。

しかし五十歳になれば、

「あ、違う」

と気づきます。生理は終わるし、いつまでも若くはいられないし、いつまでもモテもしない。全ては変わっていくのね。……というほとんど仏教的な無常感まで湧いてくるではありませんか。

そうなった時、私は「ああ、もう一度、成人式が来るのだな」と、思ったのです。長く続

いた子供時代から三十二歳で卒業した私は、五十二歳の今、若者から卒業しようとしている。そのタイミングを「遅すぎる」と、嗤《わら》わば嗤え。もちろん泉下《せんか》の夏目漱石も、呆れているでしょう。しかしこれが、平成が終わらんとしている世における五十代の実感なのです。

二十歳の時の、仮の成人式。それは、成人式という名ではありましたが、三歳、七歳に次ぐ三度目の七五三でもありました。その後、三十二歳で迎えた二度目の成人式で本当に大人になったような気がしていたけれど、実はそうでなかった。私の中には甘えの気分や、若さに対するスケベ心がたっぷり残っていたのであって、そんな脂っこさが本当に抜けてくるのが、五十代で迎える三度目の成人式なのではないでしょうか。

人生が延々と続く今、成人式は一回では足りなくなりました。私の場合は三十二歳と五十二歳でしたが、人はそれぞれのタイミングで、何回かに分けて、さらには行きつ戻りつしながら、ちょこまかと成長していくのです。

さらなる大人へ向けて脱皮前後の五十代は、そんなわけで心身ともにガラスのように繊細な季節。だというのに、上の世代からも下の世代からも、頼りにはされても心配はされないこの年頃の懊悩《おうのう》を、これから探ってまいります。

若見せバブル崩壊

最近、同世代の女性を見ていて思うのは、

「若見せバブルが弾けつつある」

ということです。年を取っても、できるだけ若く見られたい、見せねばならぬ……そんな気概とともに女性達は平成を生きてきましたが、平成の終了とほぼ時を同じくして、「もう勘弁して」という空気が流れるようになってきたのではないか。

時を遡って考えてみましょう。私は一九六六年、昭和で言うなら四十一年に生を受けた者です。ちなみにこの年は丙午《ひのえうま》で、出生率がガクッと下がった年でもある。

そんな私は、一九八九年に大学を卒業し、就職しました。この年の初めに昭和天皇は崩《ほう》御《ぎょ》。昭和六十四年は七日間で終了し、平成という時代が始まります。

昭和天皇崩御の頃、日本はかつてない好景気の中にありました。その時代は、後にバブルと呼ばれることになるわけで、私などもその好景気の影響で、さほど苦労することなく就職できたというクチ。

就職して少し時が経つと、我が国の経済状況は激変します。それは後にバブル崩壊と言われる現象であって、以降、日本は長い不況のトンネルの中に。就職活動も、地を這うようなつらいものになっていきました。

就職活動を、バブル只中（BB＝ビフォア・バブル崩壊）にしたか、バブル崩壊後（AB＝アフター・バブル崩壊）にしたかによって、人の感覚は大きく異なります。私を含めて今五十代の人達は、比較的楽に就職をすることができた、BB世代。対して今、四十代以下のAB世代には、団塊ジュニア、氷河期世代と言われる人が含まれます。

BBとABは、かなり気質が違うと言われています。BBは「ギンギン」「イケイケ」なのに対して、ABは「さらさら」「まったり」。BBは、消費の楽しさを知っているので、日本の景気が悪くなってからも生き生きと消費を続けましたが、ABは、

「デパートとかって、行かないですー」

「趣味は貯金と散歩です」

と、消費に積極的ではない。

かくして、バブル崩壊後も三十年にわたって消費の牽引《けんいん》役を担い続けてきたBBなのですが、私達は消費以外にも牽引しているものがあって、それが「アンチ・エイジング」思想で

す。我々より上の世代は、結婚して子供を産めば、粛々とおばさんになっていったもの。対してバブル世代は、ちやほやされる快感を知っているため、「ずっとこのままでいたい」と、おばさんとなることに必死に抵抗するようになったのです。

イケイケ精神が身に染みついている我々は、二十代後半になろうと三十代になろうと、自分がずっと「若者」の領域にいるものと思い込んでいました。前章でも書きましたが、私は三十二歳まで「子供」の残滓を引きずり、五十代の今になってやっと「若者」の土俵から引退しようとしています。当然、三十代の頃は何の疑問も無く、若者気分でおりました。

が、そこに容赦なく襲いかかってくるのは、肉体上の経年変化です。肌には謎の色素沈着が見られ（シミです）、なぜか、手持ちの洋服がきつくなってもくる（肥満です）。

こと自分においては、若さが永遠に保たれると思っていたのがそうではないことを知った時に私達は、オーバーに言うならば精神と肉体の乖離《かいり》状態に陥りました。精神的には大人になっていないのに、肉体だけ大人とはこれいかに、と。

その時、私達は肉体の声に従うことを拒否しました。「肉体の方がどうかしているのだ」と信じ込み、様々な策を弄《ろう》して老化現象と戦うことに。

その動きを、メディアも見過ごしませんでした。一九九五年には、三十代向けのファッション誌「VERY」が創刊されます。これは、「JJ」「CanCam」といった女子大生向け雑誌の読者OGをターゲットにした雑誌。その創刊は私が二十八歳の時だったのであり、まさに私のようなBB世代に向けての創刊だったことがわかります。

それまでであれば、三十代にもなれば女は結婚して専業主婦となり、子供の一人や二人は産んでいる、というのが一般的なあり方でした。彼女達が読んでいたのは、「主婦の友」等の主婦向け雑誌、もしくはせいぜい「オレンジページ」や「レタスクラブ」。つまり「若者の範疇から外れた女は、家庭をうまく切り盛りできれば満足する」という観点の元に作られた雑誌です。

しかし私達は三十代になっても、家庭の切り盛りだけでは満足できなくなっていました。その前に、三十代だからといって結婚している訳ではなくなったのであり、既婚未婚、子持ち子無し、働いているか否か。……と、三十代女性の生き方が多様化していったのです。

様々な生き方をしながらも、我々の間で共通していたのは、「女として引退したくない」という願望でした。若い頃から、「モテてなんぼ」「チヤホヤ大好き」と生きてきた、我々。バブルの荒波で社会人としての産湯をつかったからこそ、三十になろうと結婚をしようと、ずっとキラキラと楽しく過ごすことができるものだと信じていました。「VERY」のような、引退しようとしない女の欲求をすくいとった雑誌が登場したのは、だからこそ。

「奥さん」や「お母さん」、ましてや「おばさん」ではない、大人の「女」向け中年女性誌は、私達世代が年をとって行くと共に、次々と創刊されるようになります。私が三十六歳の時は、三十代後半から四十代に向けた「STORY」が登場。四十歳になると、五十代向けの「éclat」や「HERS」。……と、モーセが海を割っていくかのように、我々の前には女として生き続けるための道が拓《ひら》かれていったのです。

そんな中年女性誌群は、

「老けるな！」

と、盛んに読者を鼓舞しました。楽しく生きたいのであれば、老化は大敵。老化は怠惰《たいだ》の証ともされ、老化現象を放置していると、その人間性まで否定されるかのようでもありました。

加齢に抗うアンチエイジングは、一大産業となります。シワにはこれ、シミにはあれ。……といった化粧品の数々や、プチ整形にボトックスといった手法も、次々に開発されてきました。BB世代は、アンチエイジングのために、どしどし消費をするように。

しかしそれは我々にとって、苦痛ではありませんでした。若さを「買う」ことができるなんて、夢があるじゃないの。……くらいの感覚で、生き生きとアンチエイジング活動を行っていたのです。

二〇一〇年には、雑誌「美STORY（現・美ST）」が主催の「国民的美魔女コンテスト」なるものも開催されました。中年になっても老けない「魔女」達に美を競わせるこの催しは大いに話題となり、下の世代からは、「さすがバブル世代」という揶揄混じりの声が聞こえたもの。ついには、「美STORY」誌上で美魔女達がヌードを披露するところまで行き着いたのです。

その頃、とある知り合いが美魔女の一人として雑誌に載っているのを見たことがあります。その人は、確かにとても綺麗な方でした。若い頃からモテ続け、素敵な夫や子供にも恵まれたのですが、その上でさらに「美魔女」という称号まで得ようとしている彼女を見た時は、人間の底知れぬ欲求に触れたようで、そこはかとない恐怖を覚えたものでしたっけ……。

私のような一般中年の多くは、美とも魔とも無縁な日々を送ってはいたのです。とはいえ、昔の女性達のように、安易におばさんになってはいけないという空気が横溢《おういつ》していたのは、事実でした。

同窓会に行っても、皆とても綺麗。そうこうするうちに盛んになってきたSNSでは、美魔女として雑誌に載るほどの度胸はないけれど自分の美は認めて欲しいと思っている中年女性達が、自分の写真をアップして、

「劣化してないねー」

といったコメントを得るように。

この頃からか、「老化」は「劣化」に、「年をとる」は「年を重ねる」と言い換えられるようになってきました。「劣化」は、「『老化』じゃあ直接的すぎるからちょっと笑いのエッセンスをまぶして……」と言い換えてみたら、「老化」よりもさらに刺激的な言い方になって

しまった、という言葉。しかし「劣化」は、本当に劣化している人には使用されません。美しさを保つ人を、「皆は劣化しているのにあなたは劣化してない」と寿《ことほ》ぐための用語と言っていいでしょう。

「年を重ねる」もまた、「年をとる」っていうのはちょっとニュアンスが……という配慮から使われるようになった言葉で、これも、「年をとるのは良くないこと」という認識があるからこその言い換えです。年を「重ねる」などと、めでたいっぽい言葉で誤魔化すことによって、加齢という事実から目を逸らしているのではないかと私は思うのですが、そうこうしているうちに「年をとる」は、差別用語的な存在になってしまいました。

このような言い換えの手法を見ても、日本では「年をとった人」＝「可哀想」という感覚が強いことを理解するわけで、そのせいもあって我々世代は、若見せに必死になるのでしょう。若く見せないと、「可哀想な人」になってしまう。若いうちに享受していた自分達の既得権益が失われてしまう、と。

若見せに血道をあげる一方で、「イタくはならないように」ということも、我々は考えなくてはなりません。例えば片山さつきさんや稲田朋美さんなど、もっと世代が上の人の「若見せ」行為は、やはり「イタい」。上の世代を反面教師として、素顔っぽく見えるメイク、肌露出欲求をそのまま解放しないスカートの丈などを、私達は熟慮しました。「若く見られたいとかモテたいといった生々しい欲求は、確かに持っている、しかしその欲求をたれ流し状態にはしたくない」という感覚の我々世代をターゲットにした洋服ブランドも、次々と出てきました。

しかし四十代の頃、そんな風潮に少し疲れていたのは、事実です。皆がずっと綺麗でいるのは良いことなのだろうが、しかしゴールは一体、どこにあるのか。我々は、いつになったら安心して老けることができるのだろうか、と。

それは、バブル絶頂の頃の感覚と、少し似ていました。キラキラした世は楽しくもあるが、物価は何でも高くてタクシーはなかなかつかまらないようなこの時代は、いったいいつまで続くのだろう、という。

同世代の友人の中には、数は少ないながらも、堂々と老けている人もいました。その手の人は、

「もう、何しても痩せないのヨー」

とニコニコしながら太りゆき、ギャザーたっぷりのロングスカートとか、貫頭衣《かんとうい》のようなものを着ている。同じようにコロコロした夫がいて、子供達は明るい。……そんな友を見ると、「この人は、幸せだから安心して老けることができるに違いない。モテたいとかチヤホヤされたいといった煩悩《ぼんのう》から、完全に解放されているのだな」と思われ、彼女のことが眩《まぶ》しく見えた。

「ではあなたも、そうすれば?」と言われたとて、できるものではありません。自分の中に

はまだ生臭い煩悩がたっぷりと渦巻いていて、どれほど楽であっても、貫頭衣を着る勇気はありませんでした。

しかしここに来てようやく、解放の糸口が見えてきました。つまり、

「もう無理して若く見せなくてもいいじゃないの」

という気運が、感じられるのです。

その動きは、小泉今日子さんあたりから始まったように思います。かねてインタビューなどでも、加齢をそのまま受け入れていく、といった発言をされていた小泉さんは、私と同い年。かつての化粧品のコマーシャルにおいても、

「実は笑いジワ、気に入ってます」

とか、

「小泉今日子、四十八歳。年齢は隠しませんが、正直、シミやくすみは隠したい」

と、おっしゃっていました。

それは、従来の女優さんには無い姿勢でした。日本の女優さんは、中年になってもシワやシミが「存在しない」ということにして、過ごしていました。のみならず、熟女の女優さん達においては、年齢すら「存在しない」ということになっていたのです。

対して小泉さんは、シワやシミの存在をコマーシャルにおいて認め、笑いジワに対しては「気に入っている」とまで。

かと言って、老化現象は全て放置という投げやりな姿勢ではありません。「隠したい」という正直な欲求も、吐露しています。

年齢に対しても、小泉さんは正直に語っています。四十八歳というのはそれなりに重みのある年齢ですが、さらりと口にしているのですから。

こういった姿勢は、同世代の女性をほっとさせたことでしょう。年をとったという事実を全方位的に隠さねばならない、と気を張っていた人は、「嘘を重ねなくてもいいのね」と、思ったのではないか。

小泉さんは、笑いジワを隠さなくても十分に美しいのです。しかし、かつての憧れのアイドルだった人も、シミやくすみを「隠したい」と思っていると知ることによって、市井のアラフィフは解放される部分があったのではないか。

化粧は、若い頃はゼロからプラスの方向に持っていく作業でしたが、中年期以降は、マイナスからゼロに近づける作業となりました。若者にとっての化粧は「盛る」ための行為であり、中年以降の女性にとっての化粧は「隠す」ための行為なのです。

シワやシミといった顔面のみならず、白髪を隠したり、ブラジャーからはみ出る背中の肉を隠したり、貼ってある湿布を隠したりと、隠さなくてはならないものはあちこちに。若い頃は身支度があっという間に終わることが自慢だった私も、今となっては色々な部位を隠すことに時間を取られるようになりました。

整形手術などは、「隠したい」という欲求が強い人が手を出すものなのだと思います。きっちり隠さないと気が済まない几帳面な人ほどそちらの道を選ぶのでしょうが、一方では隠すことに疲れて、ありのままで行く、と宣言する人も。

その方面で話題になったのが、白髪を染めないというグレイヘア宣言をした、近藤サトさんです。インタビュー記事を読んでいたら、東日本大震災後、防災用品の中に白髪染めを入れようとしている自分の行為に違和感を覚え、「年齢に抗わない」ことにしよう、と思ったのだそう。

近藤サトさんは、私より二歳年下。やはりBB世代です。バブル期のフジテレビアナウンサーですから、若さによる既得権益をうんと得ていたものと思われます。

そんな彼女が、〝アンチ・アンチエイジング〟宣言をされたことも、私達にとっては衝撃的でした。特に白髪というのは目立ちますから、彼女のグレイヘアの写真を見た時は、「あっ」という印象を受けた。

しかし次の瞬間、「いいなぁ」とも思ったのです。白髪というのは、量が多いと隠すのが最も面倒なもの。私も、美容院に行く前の時期などは、合わせ鏡で必死に、ヘアマスカラのようなものを塗り込めている。この作業がなくなったら、楽だろうなぁ……。

サトさんも、全てをありのままにさらけ出しているわけではありますまい。シミは隠しているかもしれないし、ボトックス注射を打っているのかもしれない。しかし、最も手がかかっていた白髪を隠さないと決めた時、様々な余裕が、生まれたのではないか。

気がつくと最近、自分の周囲でも、グレイヘアにしている人をたまに見かけるようになりました。私はその勇気が出ないので隠し続けていますが、彼女達を見ると「潔い」と思うもの。

時の経過に抗い続け、「隠す」という作業に多くの時間を割《さ》き続ける人生もどうなのかと、やっと我々世代は思うようになってきたのでしょう。私達が長く牽引し続けてしまった「若見せバブル」が、やっとしぼんできたのです。

とはいえまだまだ、この先の人生は長い。

何を隠して何を隠さないのかという煩悶は、これからも続いていくのだと思います。

働くおばさん

二十代の女性会社員と話していた時のこと。総合職として働く彼女からは、仕事が大好きな様子が伝わってきます。かといって、髪を振り乱して必死に働いているわけでもなく、ファッションも恋愛も楽しんでいる。

「彼が転勤になったので、私も転勤願いを出して、今は一緒に住んでるんですよー」

などと明るく話す様子を見て、自分達の時代との変化を感じた私。我々が二十代の頃、自分から「転勤したいでーす」などと申し出る女子は、いなかったのではないか。そして、

「彼と一緒に住んでるんですよー」

と、明るく言う人も。

思い返せば私が就職したのは、男女雇用機会均等法が施行されて四年目。いわゆる「均等法第一世代」とされています。時はバブル。さらに言うならば私は、出生数がガクッと落ち

たことで知られている丙午生まれであるため、全体的に学年の人数が少なく、何かにつけて競争率は低かった。

そんなわけで、私達はものすごく高い下駄を履かせてもらいつつ、就職活動に挑んだのでした。男女雇用機会均等法とやらができて、採用は総合職と一般職というものに分かれるらしい。……ということを聞いてはいたものの、諸事情を理解していなかった私は、よく考えずに某企業を受けてみました。色々あったものの、何とか内定を得ることができたのは、まさに時代がもたらした高下駄のお陰。平成元年度入社の新入社員として、私は社会に出たのです。

その時、あろうことか私は、自分が総合職として入社したということに気づいていませんでした（事実です）。その会社では当時、四年制大学卒の女子は全員、総合職採用となっていたことを知らずに、入社した。

面接の時などに、

「で、あなたは総合職にします？　一般職にします？」

などと聞かれて選ぶものかと思っていたら、まさかの自動的総合職。入社してからかなり焦ったのですが、女子の同期達を見てみれば、今風に言うなら「意識高い系」っぽい人ばかりで、

「総合職だったって、知ってた？」

とは、とてもではないけれど聞くことができませんでした。

かくして私は、予期せぬ総合職として働き出し、案の定、早々に挫折を味わったのです。当時の女子総合職というと、大手の企業においては、東大とかを出た人がほんの数名採用される、というイメージ。私のような意識低い系がいるとは、誰も知らなかったことでしょう。そして低い意識はそのまま仕事に反映され、私は周囲に大迷惑をかけ続けることになりました。

この事例から理解することができるのは、当時の企業も学生も、男女雇用機会均等法やら女性総合職というものをよく理解していなかった、ということです。もちろん、ちゃんとした学生達は制度をよく理解し、「私は総合職」とか「私は一般職」と就活前から心を決めて、覚悟を持って働いたのだと思います。が、体育会の部に所属し、企業訪問の解禁日（というものが当時はあった）直前までインカレに人生を捧げていた私は、よくわからないままに就活、そして社会へ。

そんな女性社員を、企業もどう扱っていいのか、よくわからなかったのだと思います。私の場合は、ホウレンソウ（報告、連絡、相談というやつ）が全くできずに業務をズルズルと遅延させても、尋常でなく善人であった先輩や上司が、黙って尻を拭ってくれました。そのような善き人々に多大な迷惑をかけ続けることが辛くて、私は三年で会社を辞めることになったのです。

が、私がいた職場のように、女子総合職の新入社員という珍獣を「とりあえず餌はやっておくか」と丁寧に飼育してくれた企業は、おそらくレアケース。多くの企業では、「総合職ってことは、男と一緒に扱っていいってことね」と理解されました。総合職を選ぶような女性はもともと真面目ですから、彼女達は、

「私が頑張らなくては後輩に道を拓くことができない」

とか、

「男性の倍は頑張らないと、女性は認めてもらえない」

などと、がむしゃらに働いたのです。

その結果、頑張りすぎて心身を壊したりする人が続出。のみならず、プライベートをなげうって仕事に没頭した結果、結婚や出産の機会を逃し、後輩の女性から、

「ああはなりたくない」

と陰で言われていたりもしました。

均等法第一世代の我々が世に出た時代、その手の女性達の扱い方は、トライ&エラーの繰り返し。耐えきれずに会社を辞める人も多かったものです。

今、均等法第一世代の女性達がどのようになっているかを見ると、数は少ないながら、頑張り続けている人もいるのでした。その手の人達は、心身共に強健です。後輩達の「ああはなりたくない」という声も耳に入らないほど仕事に没頭し、それなりの地位を得たりもして

いる。

中には、結婚して子供を持ちつつ、仕事を続ける人も。その手の人は親の力を借りまくり、またお給料の多くを育児のために費やして、何とか仕事と家庭を両立させてきたのです。

その手の人の姿も、下の世代から見ると「そこまで頑張らなくても」と映るようです。仕事も結婚も子供も、と全てを手に入れたように見える人も、ギリギリのところまで頑張っているわけで、下の世代は、「とてもあんな風には頑張れない」と、さっさと諦めたりもしている。

前出の二十代総合職女性も、

「仕事は楽しいんですけど、何か上の世代に、目指すべきロールモデルがいないんですよね」

と、つぶやいていました。会社の先輩女性を見ても、「ああなりたい」と思うような存在がいないのだ、と。

私はその言葉を聞いて「えっ」と思ったことでした。それというのも、三十年前に私が会社員時代、一年上の先輩女性社員と話していて、全く同じ言葉を吐いたことを記憶していたから。

男女雇用機会均等法が施行されて程ない頃でしたから、当時は自分よりも上の世代の総合職女性は、少なくて当然でした。企業の中で女性は、サポート的な仕事に就く人がほとんど。自分達がこれから働いていくにあたり、「あの人のように生きたい」と思う対象が見当たらなかったのです。

あれから三十年。……と言った後、綾小路きみまろさんであれば、「こんなに変わってしまった」という事例を語るでしょうが、私は「まだ同じことを言ってるの！」という驚きを覚えました。私が三十年前に言っていた愚痴を、今も二十代女性が言っているとは、社会はそんなに変わらなかったのか。

私の世代が順調にキャリアを積み、結婚をして子を産んでも優雅に働き続ける、ということができていれば、彼女は会社の中でロールモデルを見つけることができたのだと思うのです。が、我々世代は、特別に優秀だったり、特別に根性、体力、精神力に恵まれていないと、総合職として入社しても、会社に残らなかった。会社に残っても、結婚もせず子も産まずだったりする人も、多数。結婚した人の場合は、途中で「やっぱり両立は無理」と、会社を辞めるケースも多く、ものすごく高学歴な専業主婦になっていたり。

しかし働く女性を取り巻く状況は、その後激変したわけではありませんでした。仕事も結婚も子供も、という人が増えてはきたけれど、相変わらず働きながら子育てをするには、相当の根性が必要なのですから。

そんなわけで、「ロールモデルがいない」と嘆く二十代に私が言ったのは、

「ロールモデルを求めるな」

ということでした。私も三十年前に同じことを言っていたのであり、その気持ちはわかる。しかし女性の働き方や生き方が時々刻々と変化する世において、年上の人を目標に定めるのでなく、自分のしたいようにした方がいいのではないか。そうしたら後輩達からは、あなたをロールモデルとして見る人が出てくるのでは？

……と、自分が会社員としては三年で挫折したことをそっと隠して、私は偉そうに言ってみたのでした。

女性にとってのロールモデル探しが延々と困難であり続ける背景には、女性の立場が人によって実に様々、という事情があります。労働への意欲。結婚や子供の状況。家事の分担状況などの組み合わせによって、女性の働き方は千差万別であり、自分と同じような立場の人を見つけるのは難しい。

周囲を見回しても、五十代女性達の働き方はまちまちであり、学生時代の仲良し達も全員、働き方が違っているのです。すなわち、夫も子供も仕事も持つ人。離婚して働くシングルマザー。独身で働き続ける会社員。主婦でパート勤務。完全専業主婦。そして私のようなフリーで働く者。……と、同じ状況の人は一人もいないのでした。

そんな中で一つだけ言うことができるのは、それぞれが生きる世界の中で、確実に「ベテラン」になってきている、ということでしょう。仕事を続けている人は、職場で。専業主婦の人は、家庭や主婦コミュニティーの中で。それぞれが経験を積んで、存在感がたっぷりになってきている。

中でも、同じ仕事をずっと続けている人が五十代になると、職場の中で、ぐっと重厚感が増してきます。つまり一口に言ってしまうと、「怖い」存在になってくるのです。

同い年の働く女性の友達三人で、たまに集まる私。私以外は子育てをしながら働き続けてきて、一人は大企業の部長で一人は医師ですから、その仕事は大変そう。

女子会などと言うのはおこがましいので、我々はその集いを「働くおばさんの会」と呼んでいるのでした。そう言えば私達が子供の頃、NHK教育テレビ（現・Eテレ）で「はたらくおじさん」という番組があったもの。色々な職業を紹介する番組だったわけですが、

「あの頃は、『働く』と言えば『おじさん』だったわけねぇ」

「確かに、『おばさん』のほとんどは、主婦だった。そして主婦の家事労働は、労働だと思われていなかった」

などと我々が話す中で盛り上がるのは、「働くおばさんあるある」の事例です。

医師は、

「ただ若い看護師さんの名前を呼んだだけなのに、『すいませんっ！』って謝られた」

と。部長は、

「『うちの部って、上下関係も無いし何でも言い合える雰囲気よね？』って部員に言ったら、

『そう思ってるのは部長だけです』って言われた」

と。

私も最近、若者から明らかに怖がられている、と気づく時があります。若い編集者さんなどと初めて会う時、相手の手が震えているので体調でも悪いのかと思ったら、こちらを怖がって震えていたらしい、ということもありましたっけ。

「でも私、そんな怖くないと思わない？」

と働くおばさん達に聞いてみると、

「だからー、そう思ってるのは自分だけなんだってば。端から見たら十分怖いのよ！」

とのこと。そういえば自分もキャリアはものすごく長いわけで、

「若い編集者さんなんかきっと、あなたの前ではビクビクしてると思う」

とのことなのでした。

自分の若い頃を思い出せば、確かに仕事で出会う五十代女性は、怖かったものです。五十代でも男性であれば、こちらが「若い女」だというだけで、色々と見逃してくれました。若い女のアラが、そもそも彼等の視界には入ってこないらしい、ということも感じたものです。

しかし女性となると、同じようにはいきません。同じ道を通ってきた女同士ということで、ごまかしが利かないのですから。

私は部下を持つ身ではないので、まだ「怖がられる」ことに対する危惧が薄い方なのかもしれません。対して組織の中で部下を持つ五十代女性達は皆、「怖がられないように」と苦慮しています。パワハラへの視線も厳しい今の時代、若い後輩を傷つけないよう、日々気をつけているのです。

一方で女性上司は、舐められがちな存在でもあるのでした。

「自分が男だったら、こういう態度を取られないだろうなっていうことを、特に若い男の部下にされたりするわね。上司が女っていうことが受け入れられない人もいるのよ」

ということなのだそう。自分より年上の男性部下がいたりすると、さらに扱いは難しいのだそうで……。

管理職に就く女性が少ない日本の企業ですから、管理職の女性達にとって、それこそロールモデルは見つけづらい。他企業の「働くおばさん」同士で、女性管理職としての愚痴を言い合ったりするしかないのです。

管理職ばかりではありません。男性並みの道を選ばず、しかしずっと働き続けている女性達は、五十代となって自分よりも年下の上司を持つケースが多くなっています。その手の立場の友人もいるのですが、

「やっぱり、怖がられないようにって気をつかうわよぉ。お局もいいところの年だし」

とのこと。

かといって、ただニコニコしている「職場のお母さん」的な存在でやっていけるほど、今の職場は甘くありません。

「もっと気をつけているのは、『使えないおばさん』になっちゃうことね。でも、IT関係の知識とかは全く追いつかないから、結構つらい……。早期退職制度とかあったら、応募しようかどうしようか、悩むところだわ」

と、働くおばさんは悩んでいます。そして私は、

「私なんか、パワーポイントも使えない」

と言い出せず、

「わかるわかる」

と言っている。

管理職であろうとなかろうと、少し強く何かを言うと「怖いおばさん」になってしまう。今時の働くおばさん達は皆、その手のことに悩んでいます。バブル期に青春時代を過ごしたせいで、うっかり若者的意識を持ち続けてしまった私達は、「怖いおばさん」になることを受け入れられないのです。

しかし私は最近、「怖いおばさん」になることを避け続けるのは、一種の責任放棄なのではないか、という気もしてきました。おばさんとしての、社会的な役割。それは包容力を持って若者に接するだけではありますまい。若者にきちんと駄目出しをして導くこともまた、

おばさんの役目なのではないか。

「怖いおばさんだと思われたくない」という意識を持ちすぎると、その役目を果たすことはできなくなります。時に嫌われたりウザがられたりすることを覚悟しなくてはならぬ時も、あるのではないか。

昔のおばさん達は、他人の子であっても、悪い事は悪いと言ったのだそう。しかし今、我々おばさんは、自分の部下も叱ることができなくなっています。部下に頼んだ仕事の出来が悪くても、

「つい『直して』って言い出せなくて、私が休日出勤してやり直したりしているのよ。若い頃、団塊の世代の上司の下でクソ意地を出して働いていた時と同じくらい、今も働いてる」

と、涙目で語る五十代もいましたっけ。

男女雇用機会均等法の施行以来、企業の中で常に珍獣として生きてきた我々世代は、今もなお、珍獣のままなのかもしれません。しかしそうなのだとしたら、会社人生ももうそうは長く続かないのだからして、「怖がられないよう」「嫌われないよう」とビクビクするのでなく、「おばさんってのは、こういうものだ！」というところを見せてもよいのではないか。堂々とした「強いおばさん」「怖いおばさん」を見た時に、下の世代の女性達も、「強くてもいいんだ」と、思いきり力を発揮できるようになるのかもしれません。

「懐かしむ」というレジャー

ユーミン、すなわち松任谷由実さんのライブに行ってきました。

今回のツアータイトルは「TIME MACHINE TOUR Traveling through 45 years」というもの。最初の曲「ベルベット・イースター」の前奏が流れてきた瞬間、目頭がジーンと……。

そう、「タイムマシーン」だけあって、このライブではユーミンがデビューしてから四十五年の軌跡を、過去の名曲と過去の名演出と共に振り返っていったのです。どの曲も知っている、そしてどの曲にも思い出が詰まっている。……ということで、涙とアドレナリンの分泌が止まらなくなったのは私だけではなかった模様。日本武道館いっぱいのおばさん・おじさん達が、感涙に咽《むせ》ぶこととなったのです。

衣装もまた、様々な時代を思い起こさせます。清楚なワンピース。着物。カウガールスタイル。……と次々に変化する衣装の中でも特にグッときたのは、派手な蛍光色を組み合わせた広い肩幅のジャケットに、ぴたっとした超ミニのスカート、そしてソバージュヘアというバブルスタイルでした。もちろん、平野ノラさんのそれとは違って現代風にアレンジされていますので、懐かしいと同時に格好いい!

このスタイルに刺激されるのは、私がバブル世代であるからに他なりません。あの衣装は、私が学生から社会人になった頃の、自分と世の中の浮かれっぷりをフラッシュバックさせてくれました。それはまるで、強炭酸の飲み物をグッと飲み干したような感覚。

荒井由実のデビューアルバム「ひこうき雲」が出たのは、私が七歳の時でした。ですから「ベルベット・イースター」等の荒井由実時代の曲は、本当に「懐かしい」というよりは、ユーミンに目覚めた後、学習として聞いて、「素敵」と思ったもの。しかし「素敵」と思ったのが自分の青春期だったため、今となっては「懐かしい」という感覚が喚起されるようになっているのです。

私が初めてユーミンに目覚めたアルバムは「SURF&SNOW」でした。一九八〇年にこのアルバムが発売された時、私は中学二年生の十四歳。思春期真《ま》っ只中《ただなか》、恋に恋する中二病女子は、このアルバムで描かれるライフスタイルが素敵すぎて、ぽーっとしたものです。「サーフ天国、スキー天国」を聴いては、ボーイフレンドにサーフィンやスキーに連れていってもらうことを夢想。「恋人がサンタクロース」を聴いては、彼が迎えにくるようなクリスマスがいつかやってくることを祈念したのです。

すっかりこのアルバムに洗脳された私は、以降一九八〇年代というバブルに向かっていく十年間を、ユーミンを聴きつつ過ごすことになります。神様からの御託宣を待つかのように毎年のアルバムの発売を楽しみにしていたし、誰かの車に乗った時も、苗場でスキーをする時も、流れていたのはユーミン。

だからこそ私は、否、我々は、「TIME MACHINE TOUR」において涙を流したのです。往年の名曲によって、自分の中の思い出スイッチが、オン。「あの頃の自分は、あの人と付き合っていてこんなことをして……」と回想し、「そして今、こんな遠くまでやってきたのだなぁ」みたいなことを思えば、涙腺スイッチもオン。ユーミンに酔うことは、自分の過去に酔うことでもあります。

一九八二年発売の「PEARL PIERCE」に収録された「夕涼み」は、その日のライブにおいて、個人的に最もグッとくる曲でした。夏の終わりと、恋の終わりを予感させるこの曲に身を任せながら私は、「嗚呼《ああ》、『懐かしむ』って何て甘美な行為なのかしら」と、思っていました。青春時代に流行った曲は、若さを喪失したという現実に対する物悲しさを刺激する一方で、快感をも連れて来てくれます。美しいメロディと歌詞によって、自分の恥ずかしい青春時代は美化され、気持ちよく反芻《はんすう》することができるようになるのです。

自分が若い頃は、「懐かしのメロディ」といった番組を見る大人の気持ちが、全く理解できませんでした。知らない曲ばかりだったせいもありますが、懐かしむという快楽を理解するには、その頃の私はまだ若すぎたのでしょう。

「懐かしむ」ことの楽しさが理解できるようになってきたのは、私の場合は小室サウンド隆盛の時期だったように思います。既にアラサーの私は、流行りの小室サウンドを一応は知っているのだけれど、心からそれに乗ることはできなくなっていました。大人になって、愛だの恋だのだけに精魂を傾ければいい季節は、終わったからなのでしょう。

そこで湧き上がったのは、「昔流行った曲の方が、いいよね」という感情。八〇年代に流行した洋楽、例えばデュラン・デュランやらABCやらを聴くと、単に「イイ！」と思うだけでなく、ほとんど肉体的な快感が伴うようにも感じられ、「これが『懐かしい』っていうことなのかも」と思うようになったのです。

時が過ぎて四十代にもなると、懐かしみ活動に加速がついてきました。流行りの曲がますますピンと来なくなる一方で、自分の青春時代の曲に惹かれる気持ちは、反比例するかのようにアップ。

そんな中、「どう？　懐かしいでしょう？」とばかりに、往年に活躍した海外のミュージシャンが、せっせと来日するではありませんか。その手のミュージシャンにとって、日本は安定的な「市場」のようで、しばしばライブが行われるのです。前出のデュラン・デュランも、ABCも行った。ヒューマン・リーグもよかったな……。

歌謡曲も、忘れてはなりません。私の場合は、たまに聖子ちゃん（もちろん松田）のコンサートに行って、思う存分に懐かしむことにしているのです。

聖子ちゃんは、私が中高生の頃にアイドルとして活躍していました。当時は特に聖子ちゃんが好きだったわけではなく、どちらかといえば明菜派だった私。しかし聖子ちゃんのヒット曲の数々は思いの外、中高生時代の私の日々の奥深くまで浸透していたようです。「夏の扉」の前奏が流れてくればいつも、脳天がパカッと開いたかのような感覚に包まれる。そして一緒に歌う！

聖子ちゃんが素晴らしいのは、「ファンは、懐かしむためにコンサートに来ている」ということを熟知しているところです。過去にヒット曲を持つベテラン歌手でも、「今の私を知ってほしい」と、新しい歌、すなわち誰も知らない歌を延々と歌い続ける人がいますが、聖子ちゃんの場合はその手の出し惜しみはしません。コンサート後半では、これでもかとばかりにヒット曲からヒット曲へと歌いまくり、ファン達を絶頂へと導いてくれるのです。

音楽等によって刺激される懐かしさは、「その曲がヒットしていた頃の自分」が喚起されるからこその感情であるわけですが、その時の「自分」が未完成であればあるほど、懐かしさは強まるようです。青い恋をしていたり、何かに懸命に打ち込んでいたりという思い出の背景にその曲があったからこそ、数十年後の「懐かしい」という気持ちは、快感に変わる。

聖子ちゃんの「夏の扉」を今の若者が聴いても、「良い曲だな」と思うことでしょう。が、そこには脳天がパカッと開くような快感は、伴わないのだと思う。我々は、「夏の扉」がヒットした時の未熟な自分や浮かれていた時代の空気ごと聴いているから、前奏でイッてしまいそうになるのであって、ヒットした当時に聴いていない人とは、聴き方が異なるのです。

ですから世代によって、「イッてしまいそうになる曲」は、違います。「小室サウンドを聴くと青春が蘇る」とか「宇多田ヒカルの『Automatic』を聞くと滂沱《ぼうだ》の涙」という人もいましょう。このように世代によって懐かしのポイントは異なれど、懐かしむメカニズムは、同じなのではないか。

中年以降の人々にとって「懐かしむ」という行為は、レジャーの一つです。我々世代ですと、往年のディスコサウンドで踊りまくるという、リバイバルディスコの集いも、しばしば行われています。チェンジの「パラダイス」で決まったステップを踏み、ドゥービー・ブラザーズ「ロング・トレイン・ランニン」でお決まりの掛け声をかければ、やはり得体の知れぬ快感に包まれる……。

この「懐かしむ」というレジャーをより楽しむには、ちょっとしたコツが必要です。それはすなわち、「同世代だけで没入する」というもの。リバイバルディスコを楽しむ時、一人でも若い世代が混じっていて、

「えー、皆で同じステップとかって、盆踊りみたーい」

などとしらーっと言われたら、ディスコ世代のテンションは水をかけられたようになりま

す。密造酒を楽しむかのように、閉じられた場所で閉じられたメンバーだけで行うべきなのが、懐かしむという自慰行為。聖子ちゃんなどの懐メロコンサートにしても、「客は同世代ばかり」という安心感があるからこそ、中高年達は聖子ちゃんと共に歌い、時には聖子ちゃんコスプレまですることができるのです。

しかし映画「ボヘミアン・ラプソディ」においては、その原則が破られていました。中高年が「懐かしい」と映画を観るその隣で、中高生が「こんなバンドがあったのか。格好いい！」と、興奮していたのです。映画の中のクイーンは老化していないからこそ、老若男女が共にクイーンを楽しむことができたのかもしれません。

「懐かしむ」という行為は、前述のように今や産業の一部になっているわけですが、私世代が中年になると、懐かしみ活動に拍車をかける仕組みも、整ってきました。すなわちそれは、ネット社会の到来。

あらゆる情報に、簡単に接触させてくれる、ネットの世界。懐メロを検索するのも簡単で、「一九八七年に海に行く途中に車で聴いたあの曲」も、すぐに見つけ出して聴くことができるようになりました。青春時代に好きだった歌手や俳優の現在も素早く検索することができ、

「へぇ、今は主婦なんだ……」

などと思ってみたり。

検索対象となるのは、芸能人ばかりではありません。自分がかつて付き合っていた人やら好きだった人やら、素人さんについても検索すれば、今の姿がわかるようになってきたではありませんか。

SNSの時代ともなると、その手の人達と「つながる」ことも、できるようになってきました。SNSが流行り始めた頃、私は四十代前半。今一つわけがわかっていなかったけれどフェイスブックというものに登録してみたのは、四十五歳の頃でした。それはちょうど、人の「懐かしみたい欲求」が急激に上昇して行くお年頃です。子を持つ人であれば、子育てが一段落して、自分の時間を持つことができるようになってきたり。また仕事を持つ人であれば、長年続けてきた仕事に飽きてきたり。そんな時にふと、「昔」が桃源郷のように見える瞬間がやってくるのです。

そんな中年達にとってSNSは、渡りに船的な道具となりました。昔の仲間達と次々につながり、

「久しぶりに集まりました!」

と、楽しげな画像をアップするという現象がそこここで。さらにそこからお付き合いが発展し、焼けぼっくいに点火してみたり、はたまた新たに火ダネを見つけだしたりした人が、どれほどいたことか。

もちろん私も、例外ではありません。SNS上で、昔の知り合いと次々につながっていく

と、青春再来的なわくわく感を覚えたもの。リユニオン的な集まりも、頻繁に開かれるようになりました。

最初のうちは、その手の会に楽しく参加していた私。若い頃はひょろひょろしていた男子達も立派なおじさんになり、「みんな、頼もしい大人になったのね」と、ときめいたりもしたのです。

しかし最初の感動は、次第に薄れていきます。男子達が太っていようがハゲていようがすでに驚くことはなかったのですが、若い頃はモテモテの遊び人だった人が、「元遊び人」に共通する爛《ただ》れたムードにまみれていたりすると、悲しい気持ちになったもの。

そういえばユーミン「SURF&SNOW」に入っている「灼けたアイドル」は、かつて海辺の店でアイドルのように眩しい存在だった男性が、今は下町でビラを配っているという噂……という歌でした。時間というさざ波によって、若い頃は共に生きていた仲間達が別々の島に運ばれてしまう、という哀愁がそこで歌われたのです。

若い頃から二十年、三十年と経つ間、我々に寄せてきたのは、さざ波ばかりではありません。荒波、大波をかぶったりくぐり抜けたりしたことによって、違う島どころではなく、違う大陸に行ってしまった、と思わせる人も。

昔と変わっていない人も、もちろんいます。若い頃に面白くなかった男子が、大人になってもその面白くなさを堅持、どころか、さらにその特性に磨きをかけていたり。セクハラ芸が得意だった人も、その芸風を変えていなかったり。久しぶりの再会時には懐かしくて色々な話が弾んだものの、二回目には話すネタも尽き、「ま、こんなものだよね」という感じに。長年会わずにいたのにはそれなりの理由があったのだ、ということがわかるのでした。

私がこのように感じるということは、向こうも同じことを感じていたということでしょう。フェイスブックが広まった頃は盛んに行われたリユニオン活動も、かくして次第に沈静化していったのです。

こうしてみますと、ユーミンや聖子ちゃん、そして「ボヘミアン・ラプソディ」等の、プロフェッショナルがもたらしてくれる「懐かしさ」は、高度に精製された感情であることがわかります。ユーミンや聖子ちゃんは、ファン達が青春を反芻するためにライブに来ていることを熟知しているからこそ、その期待を裏切らないように、あらゆる手を尽くしています。体型も維持しなくてはならないし、ボイストレーニングも欠かせないことでしょう。セットや衣装も、ファンに夢と生きる力をもたらすために考え抜かれたもの。

彼女達のライブを見て泣けてくるのは、ユーミンの格好良さや聖子ちゃんの可愛らしさの裏に、どれほどの努力や我慢があるかが感じられるから、でもあるのでしょう。食べたいものを食べ、サボりたい時にサボっていたら、あのようになることはできない。生きるというのは、それぞれ大変なことなのだ。……といったことをも感じさせ、さらに目頭は熱くなる。

人をうっとりさせるような「懐かしさ」は、そう簡単に作り出せるものではないのです。SNSでつながった昔の友達に会うのも、お手軽に懐かしさが得られる行為ではあるけれど、お手軽であるが故に、がっかりしたり、させたりすることがしばしば。対してユーミンや聖子ちゃんのみならず、「懐かしがらせる」ということを産業として捉えている人々は、金銭とひきかえに、我々顧客を責任を持って懐かしがらせてくれるのです（たまにジュリー＠さいたまスーパーアリーナ、のようなことはあるけれど）。

また、旧友と旧交を温める場合は、懐かしさと懐かしさの等価交換という面があって、こちらが老け込んでいたりすると「すいませんねぇ」という気分になるもの。しかしコンサートや映画を観に行くことは経済活動ですので、対価を支払いさえすれば、こちらがどれほど老け込んでいようと棚にあげて無責任に懐かしむことができるのも、良いところです。

ユーミンの「TIME MACHINE TOUR」が終わって会場から出てきた人は皆、「イッてしまった後」の顔をしていました。最後の最後、「やさしさに包まれたなら」を皆で合唱した時に、泣かなかった人はいまい。ユーミンはアンコールでツアーTシャツを着て物販の宣伝をするようなこともなく、最後も格好いいマリンルックに身を包んでいた。

「こんなツアーをすると、もう引退しちゃうの？　って思う人もいるかもしれないけど、私はまだまだ歌い続けていきますよーっ！」

と言うユーミンに、どれほどの人が奮い立ったことか。

かつて若者達の「神」だった者は、その世代をずっと、引っ張り続ける責任を担っている。……そんな覚悟を感じさせた、ユーミンの姿。ちょっと他人に親切にしたくらいで「神対応」などとされ、粗製乱造されている感のある最近の神々とは別種の自信が、そこからは漂っていたのでした。

昭和と令和

我々五十代は、人生において三つ目の御代に突入いたしました。故郷・昭和の後ろ姿は、気がつけば遠くなりつつあります。

私は生まれた時から大学生の頃まで、明治生まれの祖母と同居していました。その頃は生活のところどころに、明治女である祖母の感覚が残っていたのであり、私の中には今でも、微量の明治成分が生き続けているのです。

祖母は、関東大震災（立っていられないほどの揺れだったそう）や、二・二六事件（うちの近所にも反乱軍は来た）、もちろん第二次世界大戦（防空壕で生き埋めになりそうなところを助け出される）も知っていました。それらの出来事は「祖母が体験している」ということで、私の中には、「それほど昔のことではない」という感覚があるのです。

しかし平成以降に生まれた人達にとって、明治や大正という時代は、完全に「日本史上の一時代」。彼等は、生きて動いている昭和天皇のことも知らないわけで、いわんや大正、明治をや。

昭和が終わった時、私は二十二歳。人生においては、既に平成を生きた時間の方が長くなっていますが、しかし心が柔軟な時期を昭和で過ごしたせいか、帰属意識を覚えるのは昭和の方なのです。

昭和も平成もたっぷり知っている五十代が、どちらの時代に、より親しみを感じているか。それは、その人の「進取の気性」の多寡《たか》に左右されるように私は思います。その気性に富んだ人は平成に、そうでない人は昭和に、より強い思い入れを持っているのではないか。

平成時代における最も大きな変化は、「ネット社会到来」というものでしょう。現在の私は、パソコンで原稿を書いて送り、スマホやらアップルウォッチやらを所持しています。しかし昭和の終わりの時点では、やっとワープロを購入して手書きから卒業し、書いた原稿は近所の文房具屋さんから一枚百円でファックスで送ったり（まだ家にファックスは無かった）、編集者さんと会って手渡ししたりしていたのです。将来、マンガに出てくるような腕時計型の電話（＝アップルウォッチのこと）を自分が所持しようとは、夢にも思っていなかった。

平成元年に会社員となった時、部署に一台くらいは、ごく初期のパソコンが置いてありました。ほどなくすると、平野ノラさんの芸でおなじみの、弁当箱大の初期型携帯電話を持つ人も登場。

進取の気性に富んだ人は、いち早くパソコンをいじり、また弁当箱型携帯電話を使用して、路上で通話したりしていたものです。が、私は同行者が路上で弁当箱型携帯を使用している姿が、ものすごく恥ずかしかった。「お願いだから止めて！」と思っていた私は、つまりは進取の気性が希薄な者。新しいものには飛びつかず、むしろ胡散くさい感じを抱きがちなのであって、当然ながらIT化の波には乗り遅れます。

たまたまパソコンをいただく機会があったものの積極的に使用はせず、原稿を書くのは延々とワープロ専用機で。携帯電話にしても、弁当箱大から急速に小型化していったにもかかわらず、自分で持つようになったのは、世間の平均からだいぶ遅い。スマホの導入にしても、同様です。

私が「ウイルスっていうのが怖そう」とか「ネット上で誰かと知り合うなんてありえない」とか「炎上、絶対にイヤ」とへっぴり腰になっている間に、進取の気性に富む人達は、ネットの海にどんどん漕ぎ出していきました。どんな時代でも、新しい世界に行くことに躊躇《ちゅうちょ》しない人達は、多少の危険を覚悟しています。大航海時代においても、道中に何かあることへの不安よりも、まだ見ぬ世界への期待の方が勝る人達が、新しい世界を獲得していった。

ワープロで原稿を書き続けていた私が、さすがに「このままだと、まずいかも」と思ったのは、平成も半ば頃のことでした。明らかにワープロ専用機には、未来が無い。その上、携帯電話もガラケーであった私は、自らがイグアナ化する危険性をやっと実感し、一念発起して個人的なIT革命を断行したのです。

新しいパソコンで原稿を書くようにして、ガラケーからスマホに機種変更。自分にとっては非常に大胆な二枚替えだったのですが、実行してみたらものすごく便利で、「どうしてもっと早くガラパゴスから脱出しなかったのか」と思ったことでした。

このように私は、平成になって自分の「進取の気性が希薄」という性質を思い知ったわけです。昭和時代、すなわち若い頃は、「若い」というだけで新しい情報に触れることができ、若さ故の無軌道さで大胆な行動をとることもできました。しかし若さが摩耗《まもう》することによって、そもそも自分の中にあった守旧傾向が、むき出しになったのでしょう。

私と同世代であっても進取の気性に富む人は、平成の波を楽しんだはずです。同世代でもネットで知り合った人と結婚した人もいれば、騙された人もいる。電子書籍を読んだり、SNSでバンバンと発信したりと、その手の人達は、昭和出身が嘘のような馴染みぶりを示しているのでした。

「ネット社会到来」の他に、平成の三十年で激変したと実感するもう一つのことは、「人権意識の変化」でしょう。特に女性の取り扱い方は、この三十年でどんどん丁寧になってきているのです。

近代以降、人権意識は常に変化を続けてはいます。特に敗戦後は、それまでは人間扱いされていなかった女性の権利が、一気に引き上げられました。やっと選挙権も得ることができて、女性が人間としてのスタートラインに立ったのです。

敗戦によって、日本女性の人権はビッグバン状態を迎えたわけですが、ではその時に与えられた権利を使いこなすことができたかというと、そうではないようです。突然権利を与えられた女性達のほとんどは、それをどう行使していいのかわからずに戸惑いながら、敗戦から四十三年続いた昭和時代を過ごしていたのではないか。

たとえば、昭和三十七（一九六二）年の新聞の人生相談コーナーでは、夫からの暴力に悩む女性に対して、

「今まで我慢してきたのだから、さらに頑張ってみましょう」

といった回答が、有識者からなされているのでした。一九六〇年代から七〇年代にかけては、夫からの暴力を訴える妻の相談が多いのですが、それらに対しては「耐えましょう」という答えが目立つのであり、夫から妻が殴られることは「仕方のないこと」という感覚があったのです。

今の若者からしたら信じられない回答かと思いますが、一九六〇年代といえば、今の五十代が生まれた頃。今の四十〜五十代の親達は、夫が妻を殴ることも必要悪であって、むしろ「殴られるようなことをする側が悪い」という意識すらあったのです。

夫婦間のみならず、親子間でも暴力によるしつけは珍しくありませんでした。家庭以外でも、運動部では体罰が当たり前。高度経済成長期に発行された男性向けの雑誌において、

「会社内では鉄拳制裁も、時には必要」

といった記事も、読んだことがあります。

昭和の時代、閉ざされた集団においては、暴力も「相手のためを思っての行為」と捉えられていたのでした。DV、パワハラという言葉を知っている今の若者からしたら全く理解できないでしょうが、「それが当然」という空気の中で、暴力に異を唱えることはなかなかできなかったのです。

大学時代、私は体育会の部に所属していたのですが、そこでも先輩が後輩を殴るといった行為は、しばしば見られました。やはり閉ざされた集団であり、かつ軍隊的な厳しさに当事者達がうっとりしがちなムードが醸成されていたからこそ、暴力という悪風が昭和の末期まで残ったのだと思います。

男女が共に練習する部において、さすがに女性部員が殴られることはありませんでした。しかし自分は殴られなくとも、目の前で年下の男が年上の男から殴られている時、心の中はいつも、苦い気持ちでいっぱいになったものです。

しかし私の中には、殴る男に対して、

「やめてください」

と言う頭がありませんでした。年下より年上の方が偉く、女よりも男の方が上、という儒教的感覚が当然のように横溢する中では、ＯＢや先輩には絶対服従、という感覚が染み付きます。そこで「ＮＯ」を唱えるにはよほどのイノベーター感覚と、危険と混乱を引き受ける度量、つまりは進取の気性を必要としました。そしてそもそも体育会での服従生活にどっぷりしがちな人は、イノベーター気質を持ち合わせていなかったりするのです。

男女が共に練習するということで、そこにはセクハラ行為も多々ありましたが、その時も私は、「ＮＯ」と言いませんでした。自分は「ＮＯ」を唱えられるほどの立場ではない。こんなことはニヤニヤと笑ってスルーすれば、場の空気は丸く収まるのだ。……と、「ＮＯ」と言うことによって発生するであろう面倒臭さを回避し続けたのです。

「セクハラ」という言葉が新語・流行語大賞にノミネートされたのは、平成最初の年。

「それ、セクハラですよ！」

と、女性達も口に出すことができるようになりました。

しかし「セクハラ」は流行語になっても、セクハラが著しく減少したかと言うと、そうではありません。事実、「＃ＭｅＴｏｏ」運動などによって、世の男性がセクハラについて「マジでいけないことなのだな」と実感したのは、平成の末期。「セクハラ」が流行語になってから、実際に女性達が真剣にそしてカジュアルに「ＮＯ」と言うことができるようになるまで、丸々平成の三十年間を要しているのです。

そんな私ですから、平成の末期に、日大のアメリカンフットボール部での悪質タックル事件のニュースを目にした時は、心の中に重苦しい思いが広がったものでした。もし自分が同じような状況にいたなら、やはり同じようにタックルを実行してしまったに違いない、と思ったから。暴力やセクハラに対して「嫌だ」と思いながらも「嫌だ」と言うことができなかった記憶は、トラウマのように残り続けています。

日大悪質タックル事件等を契機に、閉ざされた集団にまだ残されていた暴力やセクハラやパワハラといった昭和の悪風は、減少しつつあります。平成の三十年をかけてやっと変化の準備が整って、令和において本格的に世が変わっていくのでしょう。

そんな時に我々が注意しなくてはならないのは、昭和人であるが故の鈍感さを、つい発揮してしまうことです。様々なハラスメント行為に対して「NO」と言うことに躊躇しない若者に対して、

「それくらいは我慢できるのでは？　いちいち騒いでいたら、世の中がギスギスしてしまう。上手にスルーするのが大人というものでしょうよ」

などと、昔の人生相談の回答者のようなことを言いがちなのが、昭和人。

そういった感覚は、これからの世の中とはどんどんずれていくことでしょう。昭和の世はギスギスしていなかった、と思っている人は、その空気が誰かの忍従によって成り立っていたものだとは気づいていません。そして忍従していた側が、「NO」を言うことにより発生

する面倒臭さをずっと回避してきたからこそ、昭和の悪風は今に残っているのです。

今、嫌なことに対して「嫌です」と言う人々は、面倒を回避してきた昭和人の分も背負って、「嫌です」と言っています。その人々の発言や告発によって、令和の時代には「他人が不快に思うこと」を想像する能力が、企業や家庭、そして運動部などの閉ざされた集団においても、ますます重視されるようになるでしょう。

さらに気をつけなくてはならないと思うのは、我々世代が持ちがちな「女性はいつも被害者」という固定観念です。昭和時代に培ったのは、「私達は理不尽な思いに耐えてきた。悪いのも、鈍感なのも男」という被害者意識。しかし男女関係のフラット化が進む世においては、被害者は女性だけではなくなります。

企業で管理職に就く女友達は、

「最近の若い男って、ちょっと注意しただけですぐ泣くのよ。でも、『男のくせにすぐ泣いて……』とか後輩女性に愚痴っていたら、『それ、セクハラだしパワハラですよ』って言われちゃった」

と言っていました。

昭和のド演歌では、女はいつも泣いていますが、男は泣いてはならない存在でした。子育てでも、

「男の子なんだから泣かないの！」

などと言われたものです。

しかし今は、男が泣くのも自由。昭和の時代は、女が仕事の場で泣くと、

「これだから女はずるい」

と言われたものですが、令和の時代は、男であろうと女であろうと、仕事の場であろうとプライベートの場であろうと、泣きたい人は泣く。

「仕事で泣くような奴は出世できない」

という感覚もまた過去のものなのかもしれず、これからはベソをかく社長、号泣する総理などの姿が見られるのかもしれません。

そういえば平成の終わり、天皇陛下は在位中最後の誕生日会見において、涙声で思いを語っていらっしゃいました。「涙ぐむ天皇」を初めて目にした私は、「天皇は人間である」という事実を、初めて実感として受け止めた気がします。

ご高齢だった昭和天皇のお姿も私はしっかり記憶していますが、昭和天皇はあまり感情を表に出さない方でした。誰かと話す時は、

「あ、そう」

が定番のお答え。笑顔も泣き顔も、見たことはなかった。

対して平成の天皇はみずから、「天皇の感情」を提示されました。ご高齢ということで涙もろくなった部分もあったでしょうが、ご高齢であることも含め、人間の弱さというもの

を、陛下は身をもって示されたのではないか。

「弱いもの」や「下のもの」は、「強いもの」「上のもの」に従わなくてはならない時代が、昭和でした。しかし平成という準備期間を経て令和になったなら、平成の天皇のように、弱い部分をそのまま出しつつも、平らかに生きることができる世になるのかもしれません。

最初の話題に戻るならば、令和時代に私のＩＴ弱者ぶりは、ますます目立つようになることでしょう。生まれた時からコンピューターをいじるデジタルネイティブ世代が増える中で、とっぷり大人になってからネットに初めて触れた我々世代は、お荷物的な存在になるに違いない。

しかし令和においては、ＩＴ弱者もまた、弱さをさらけ出しつつ、生きていくことができるようになるのかもしれません。人間であれば必ず、どこかに弱い部分を持っている。そんなことを伝えて、平成の天皇は天皇の座から降りられたのですから。

五十代で令和を迎えた我々は、次の御代をも見ることになるのでしょうか。

「えっ、おばあちゃんって昭和を知ってるの？」

と、令和の次の世で若者に驚かれたならば、

「それどころか、私のおばあちゃんは明治生まれだったのよ」

と、さらに驚かせてあげたいものだと思います。

感情は摩耗するのか

趣味で卓球をしています。コーチについて練習をし、たまに試合に出ることもあるのです。

草試合とはいえ一応は「試合」なので、そこでは勝負がつきます。先日もとある大会に出場し、ちょっぴり勝って、たくさん負けました。

が、しかし。昨今の私は試合の度に感じることがあって、それが「負けてもあまり、悔しくない」ということなのです。

なぜ今私が卓球をしているかというと、中学校の頃に卓球部に所属していたから。四十歳を過ぎた頃、近所に卓球クラブがあるのを発見し、昔とった杵柄《きねづか》ならぬラケットを、再び握ってみた次第です。

多くの中学生がそうであるように、中学時代の私は、部活に没頭していました。せいぜい区大会で勝ち残って都大会に出る！　といった程度の目標でしたが、頭の中の八割方を占めていたのは、部活のこと。試合で負けると、食欲がなくなるほど悔しかったものです。

部活に力を傾注しすぎて学校の成績は低迷を続け、「このままだと大学行けないわよ」と先生から言われたため、高校二年から料理研究部に転部。しかし「大学に入ったら運動を再開する！」という野望は、たぎらせていました。

大学では卓球ではないものの、とある体育会の部に入り、四年間を競技に捧げました。試合で負けると、悔しさと情けなさとで、膝を抱えて泣いたものでしたっけ。

このように私は、スポーツ好きで勝負好きな性分なのです。勝負事が好きというのは、当然ながら「勝つ」のが好きということ。子供の頃から、たとえ人生ゲームであっても、真剣に勝ちたいと思っていたものです。

だというのに、どうしたことでしょう。中年期以降は試合に負けても、かつてのように泣くほどの悔しさに見舞われないではありませんか。負けるよりは勝つ方が嬉しいものの、負けても「ま、こんなもんだわな」と、平然としているのです。

学生時代のようにスポーツに人生を捧げているわけではないので、悔しさもそれなりなのかもしれません。とはいっても、もう少し悔しくなってもいいのではないかと思った時に浮かんだのが、「加齢によって、感情はすり減るのではあるまいか」という疑問です。歯のエナメル質が年とともに摩耗するのと同様に、感情もまたすり減るのかもしれない、と。

以前、中学生時代の日記が発掘されたことがあったのですが、そこには少しのことで怒ったり悩んだりという青臭い感情が、みっちりと記されておりました。相当恥ずかしい日記ではありましたが、「若いってこういうことだった」と、懐かしい気持ちにもなった。

その頃は、人生における山だの谷だのにどう対処していいものやら、全くわかっていませんでした。いちいち悶々としては、お先真っ暗な気分になっていたものです。

マイナスの感情にばかり敏感に反応していたわけではありません。悩みも深かった一方で、箸が転げたといっては笑ったり喜んだりもしていたわけで、つまりはあらゆる感情が、ティーンの頃は鋭く、鮮やかだったのです。

試合で負ける度に泣いていたのも、そのせいでしょう。おぼこい娘であった私は他に楽しみも知らず、負けたことによってこの世の終わりのような気分になっていたのです。

対して今の私は、自分が試合で勝とうが負けようが誰も気にしないし、世の中に何の影響も及ぼさないことを、じゅうぶんに知っています。「この世には卓球がうまい人がたくさんいるなぁ」と思うのみで、体育館からの帰り道では、「頑張った自分へのご褒美」というやつでケーキなど購入。家でバラエティ番組を見てゲヘゲヘ笑いながらそれを食べる頃には、負けたことすらすっかり忘れているのでした。

負けた悔しさが希薄、そして多少感じてもその悔しさが長続きしないお年頃になった今の私は、日本を代表するアスリート達が、世界大会などで負けて泣いている姿をスポーツニュースで見ると、眩しいような気持ちになるのでした。

「泣きなはれ泣きなはれ。悔しさを味わうことができるのは、今のうちだけ。その悔しさをとことんしゃぶり尽くして、二度と同じ悔しさを味わわないために、精進しなはれ」

という感覚を、涙にくれるアスリートに対して抱くのです。

卓球の試合においてもう一つ感じるのは、「緊張しなくなった」ということです。学生時代は、試合の度に感情が昂り、前日からドキドキが抑えられなかったものでした。いざ本番が近づくと、緊張が高まりすぎて、えずきそうにすらなったもの。

ところが今は、どうでしょう。「ドキドキする」という感覚が、全く無いではありませんか。だからといって、練習通りの動きができるかというとそうではないのですが、とにかく緊張をせずに、淡々と試合に入っていくようになったのです。

これもやはり、加齢によって感情が摩耗してきたせいなのでは、と思うのでした。もしくは「慣れ」も、ありましょう。子供の頃から人前に立つのが苦手な〝緊張しい〟だった私。しかし大人になって、人前でちょっとした話をしなくてはならない機会が増えてくると、次第に緊張を感じなくなってきたのです。

中年になりたての頃、私は「人前で緊張している中年って、格好悪い」と思っていました。若い子が緊張しているのは可愛いけれど、おばさんがオドオドしているのは、ダサい。おばさんたるもの、どんな時でも自信を持って、堂々としていなくては、と。

しかし五十代になってほとんど緊張しなくなると、今度は緊張が恋しくなってきたではありませんか。「あれ、ドキドキするって、どういう感覚だったっけ……。また味わってみたい！」と願うようになったのです。

緊張を懐古しながら思い出したのは、社会人になりたての頃、会社のおじさん達がしばしば口にしていた、

「恋がしたい」

「ときめきたい」

といった言葉でした。その頃の私は、おじさん達は劣情を処理したいから、その手のことを口走るのだろうと思っていました。が、彼等がときめきを求めていた理由はそれだけではないことが、今になればわかる。彼等は単純に、「ドキドキしたかった」のではないか。

結婚生活が長い友人が、高校時代の同窓会に参加し、二次会の後、元彼とノリでついチューをしてしまったのだそうです。

「その時にショックだったのは、全くドキドキしなかった、っていうことなのよ」

と、彼女。

夫とは、既にセックスをしないのはもちろんのこと、軽いチューすらしない関係なのだそう。久しぶりのチュー、それも夫以外の相手と、ということでさぞかし興奮するかと思いきや、そうではなかった。

「若い頃は、それほど好きでもない男子とチューする時だってドキドキしたのよ。何十年ぶりかのベロチューだったのに、ぴくりとも鼓動が高鳴らないっていうことを確認して、チューをしている最中に落ち込んだ」

と、彼女は嘆いていました。

そこで彼女と語ったのは、「我々が既にドキドキしないのは、もしかすると精神的な問題でなく、物理的な問題なのではないか」ということです。つまり、感受性が鈍感になったからではなく、年をとって心臓や血管の機能が低下してきたから、滅多なことではドキドキしなくなったのではないか、と。

「それはそれで悲しい。というか、人体として危ないのではないか」

ということになったわけですが。

五十代であっても、盛んに胸をドキドキさせている人も、一部には存在します。それは、韓流やジャニーズといったアイドルのファン達。

アイドルファンをしている友人達の話を聞くと、ライブやらファンミーティングやらに参加する時は、ほとんどデートと同じような感覚なのだそう。

「参戦（アイドルファン業界用語で、ライブなどに行くこと）が決まったら、その日に向けてネイルサロンや美容院に行ったり、服も買ったりするわけよ。いざ当日になったら、高校時代のデートの時みたいにドキドキする！　ライブの後はしばらく肌も潤っているし、美容効果も高いと思う」

というこのなのです。

アイドルに対してキャーキャー言うことができる資質というのは、生まれた時からその有無が決まっているようで、あいにく私はその資質を持っていません。いくら美容効果が高くても、今さらアイドルファンになることは不可能なのですが、しかし五十代でもドキドキしている人が実在するという事実は、私に希望をもたらすのです。

アイドルにドキドキできない私は、先日の卓球の試合において、目標を定めてみました。それはもちろん「勝つ」ことではなく、「緊張する」そして「悔しがる」というもの。試合という非日常の機会を利用して、感情の活性化を図ろうと思ったのです。

緊張するために私は、必要以上に「意識する」ことにしました。試合の日を思い定めて練習をこなし、周囲にも「まもなく試合である」と言いふらす。

「頑張ってね！」

「結果を教えて」

などと言われると、勝利に対する意欲も湧いてきます。

当日の朝は、いつもより早めに目が覚めました。寝るのが大好きな私にとっては椿事《ちんじ》であり、「もしや緊張のせい？」と思えば、心なしか胸がドキドキしているような気が。

それは、久しぶりのドキドキ感でした。「懐かしい感覚……」と、そのドキドキを大切にしながら試合会場へと向かったのですが、実際に試合をするまで、準備だの何だのでワサワサしているうちに、ドキドキはいつの間にか霧散《むさん》していたではありませんか。

ああ、何とあえかな五十代のドキドキ感。それは線香花火のように繊細で、わずかな時間しかもたないものだったのです。

では二番目の目標である「悔しがる」というのはどうであったかというと、結果的に言えば、やはり負けても往年のような悔しさを感じることはできませんでした。周囲の参加者を見ていると、一点でも多くとりたいと、必死に審判に食い下がったりする人もいるのですが、そのような気力はもはや私に、ない。負けたからといって、雪辱のために必死に練習をする気にも、ならない。……ということで「悔しがる」こともまた、不首尾に終わった。

肉体の衰えが気になる五十代は、パーソナルトレーニングだウォーキングだと、筋力を懸命に鍛えるものです。もちろん、外見の衰えに対するケアも、欠かさない。

同時に我々には、感情を強化するトレーニング、すなわち筋トレならぬ感トレも、必要なのかもしれません。かつて鋭敏だった感情の起伏は、様々な経験を積み、場数を踏むことによってすり減り、良い言い方をすれば「円く」なり、別の言い方をすると「鈍く」なっているのですから。

一方で、人の感情は加齢によってすり減るだけではない気もするのです。年をとることによって、豊かに、もしくは過敏になっていく感情も、あるようです。

例えば私の場合は、年をとるにつれ、年下の人々のことを「可愛い」と思う気持ちが強くなってきています。特に二十歳以上年が離れた人に対しては、親子的な認識となるのか、可愛さが倍増。幼児や赤子に至っては孫感覚を抱くようになって、「この子の未来に幸あれかし」と、神に祈りたいような気持ちになる。

自分が子供の頃、私は自分より小さい子供が苦手でした。

「大きくなったら、幼稚園の先生になりたい」

といった発言をする友人の心理が全く理解できなかったというのに、この変化はこれいかに。

電車の中などで、赤ちゃんが近くにいると盛んにあやし、

「おいくつ？」

などとお母さんに話しかけるおばあさんに対して、昔は「？」と思っていた私。しかし子供を産んでいない私でも、今はその気持ちがわかります。まだ若干の羞恥心があるので、お母さんに話しかけるところまではいかないのですが、近くに赤ちゃんがいると必死にアイコンタクトをとったり、笑いかけたりしている自分がいるではありませんか。

年をとると涙もろくなってくるというのも、事実のようです。昔は、「探偵！ナイトスクープ」の西田敏行前局長が、いつも感動して泣いているのを見て、やはり「？」と思っていましたが、五十代になってからは、自分も前局長と同じところで目頭を熱くしたりしていま

した。この番組においてしばしば炙《あぶ》り出されるなにげない人間愛が、実は非常に貴重なものであることを知る年頃になってきたからなのかもしれません。

話を卓球の試合に戻しますと、試合に負けた時、私はうっすらとした悔しさと共に感じることがあって、それは「相手の人が勝つことができてよかった」ということなのでした。特にお相手が、勝つ気満々ではない、ちょっと気弱なタイプの方だったりすると、「きっと嬉しいだろうな」などと寿いでいることがあるのです。

ハタと我にかえれば、「私、そんな人類愛キャラでは全くないのに!」と驚くのですが、まぁそれが加齢ということなのでしょう。いつまでも「勝ちたい!」という気持ちをたぎらせ続けられる人のようには、私は体力、精神力ともに頑健ではありませんでした。

大人たるもの、感情をコントロールすることができねばならぬ、と思って大人になってからの日々を過ごしてきた私ですが、五十代は感情の折り返し地点なのかもしれません。若い時分に先鋭的すぎた部分はうまい具合にすり減って、我慢すべきところは我慢も利くようになってきたという、いわゆる分別盛りが、五十代。

しかし人生は、多分それでは終わらないのです。このまま感情の穏やか化が進めば、皆が神様のような存在になってゴールを迎えるはずですが、高齢の方々を見ていると、どうやらそうでもない。むしろもう一度感情の先鋭化が進んで、かつて短気だった人がさらに怒りっぽくなっていたり、焼き餅焼きだった人が、輪をかけて嫉妬深くなっていたりするではありませんか。

　ということは、私も現時点で無理して感トレなどしなくていいのかも。これからさらに年をとれば、昔のような負けず嫌いとか緊張しいといった性格がまた浮上するのかもしれないのですから。

　さらに年をとっても卓球の試合に出続け、キーキーと審判に文句をつけている私がいたならば、「昔がえりしたのだな」ということ。その時はそっと見守っていただければ、ありがたく思います。

母を嫌いになりたくないのに

同世代の友人と会った時に必ず出る話題、それは「親」。互いの親の状態を確認し合うのは、時候の挨拶のようなものになっています。

五十代前半という私の周囲において、二親とも生きているケース、そして二親とも他界しているケースは、それぞれ最大派閥ではありません。片親が他界して一人が生きているというケースが最も多いのであり、先に他界しているのはたいていの場合、父親なのでした。

夫に先立たれた妻は、昔で言うなら「未亡人」。しかし、「未だ亡くならない人」という言い方は、今時の〝夫に先立たれた妻〟達には当てはまりません。彼女達は、旅行や習い事など、「やっと一人で好きなことができる」とばかりに楽しんでいるのですから。

が、しかし。楽しく遊んでいるからといって彼女達が心身ともに自立しているかというと、そうではありません。遊んでばかりいるのも飽きがくるらしく、夫というつっかえ棒が無くなった時に彼女達が頼りにするのは、娘なのです。

一人になった母を持つ友人からよく言われるのは、

「いいなぁ、酒井は……」

ということです。私の両親は既に他界しており、親の重さから解放されていることを、彼女達は「いいなぁ」と言う。

その気持ちは、私にもよくわかります。我が母も、生前は「夫に先立たれた妻」だったのですが、当時を思い出せば、再びあの重みが蘇るかのよう。ああ、あの頃は母親からの電話やメールすら、憂鬱だったものだ……。

同世代の友人が集まれば、母親の愚痴は鉄板の話題となります。さんざ愚痴をこぼした後の、

「もうこれ以上、ママのことを嫌いになりたくないのに……」

という友人のつぶやきに、その場にいる全員、頸椎が痛くなるほどにうなずいたものでした。

そんな我々も、若い頃から母親を重く感じていたわけではありません。かつては仲良しだった母娘の関係も、「お父さん」の死によって、変化がもたらされるのです。

それは、母親にとっては「配偶者の死」。たとえさほど仲が良くない夫婦であっても、夫婦というユニットは、人が生きていく上での支えや、居場所になっています。片方の死によ

ってユニットが消滅すると、残された片方が、浮遊してしまうのです。

特に我々の親は、夫は仕事、妻は家事、という性別役割分担をしっかり身につけてきた世代です。妻に先立たれた夫は、ご飯さえ炊けずに、おろおろ。夫に先立たれた妻の方が家事能力があるので生きやすいとはいえ、長年専業主婦だった女性が、突然「お世話する相手」をなくすと、「私の存在意義は?」となってしまいます。

夫婦というユニットが成立していれば、ユニット内で解決が可能だった諸問題は、ですからユニットの消滅以降、急に子供のところに降りかかるのでした。我が父が他界し、母が一人で実家に住むようになった時も、まさにそう。遊び好きの母親なのに、

「外でランチしたくても、一人じゃお店に入れないのよ」

などと言い出して、私はびっくりしたものでした。頑張って週に一回は実家に戻って食事をするようにしたものの、たまに行けない週があると、ブツブツ言われる。「私は寂しい」「私ってこんなに可哀想」「娘はこんなに非情」というアピールがどんどん強くなり、周囲の人からの、

「お母さん、寂しがっていらっしゃったわよ」

とか、

「一緒に住んであげたら?」

といった言葉も、プレッシャーになりました。

その時、同じ立場の友人から、
「絶対に一緒に住んじゃダメ。一生、逃げられなくなるから」
とのアドバイスに「そうか」と思ったのですが、確かにもしもその時に一緒に住んでいたら、母と娘がユニット化し、そこから抜けられなくなったことでしょう。

今になれば、その時の母親の寂しさを、私は全く理解していなかったことがわかります。自分も父親を亡くして寂しいし、母親は夫を亡くして寂しい。寂しいのは一緒でしょうよ。……と私は思っていましたが、別々に住んでいた父親を亡くす寂しさと、同居の夫を亡くす寂しさとでは、寂しさの質が違います。夫婦仲が良くなかったとはいえ、何十年も共に住んだ相手がいなくなった喪失感は、父親がいなくなる感覚とは、全く深さが違ったであろう。その上、我が母は実家からヨメに来ましたから、一人暮らしの経験も無いし、経済的に自立した経験も無い。そんな六十代女性が一人になった時の孤独感は、いかほどのものだったか。

当時の私は、そのことがわかっていませんでした。同時に母親も、「娘と自分の立場は全く異なる」ということが、わかっていなかった。つまり母親は、「夫を亡くした妻の寂しさ」をアピールしさえすれば、独身の娘である私が理解するだろう、と思っていたのです。

かくして、母親からの「私って可哀想」アピールは増し続け、そのアピールを感じれば感じるほど、私の腰は引けることに。そうなるとさらに母親のアピールは強くなる……という悪循環に陥りました。とはいえ、母をウザがり、母から逃げていることの罪悪感は募るので、物品を買い与えることでその罪悪感から逃れようとしていたのです。

母は、自分の友人達と比べても早めに夫を亡くしたため、同じ立場の友達もいませんでした。そういった事情も、今思えば可哀想だったけれど、当時の私は「とにかくこの重さから逃れたい」としか思えなかった。

友人達は今、かつての私と同様の気持ちを抱いています。以前はしっかり者だった母親が、「もっとかまって」「私はこんなに寂しい」と、のしかかってくる。そんな母親を邪険に扱う自分が嫌だから、「これ以上、ママのことを嫌いになりたくない」と思うわけで、その言葉は、私の胸の痛点をも刺激するのです。

五十代の娘達が母親のことを嫌いになる理由は、ドクダミの根のように深く絡み合っています。私のように、「私って可哀想」アピールを受け止めきれない娘もいれば、経済力を持つ娘に依存し、おんぶおばけになっている母親も。女帝のように絶大な権力を娘に対して振るい続ける母親もいれば、幸せそうに生きている娘に対する嫉妬を抑えられない母親も。母親を嫌いになってしまう理由はこのうちの一つというわけではなく、多くの場合は複合型です。

さらには、五十代の子を持つ母親となるとほとんどが後期高齢者ですから、身体のあちこちには衰えが見られるように。介助や介護を、相手のことが嫌いという状況でしなくてはならないこともまた、つらい。

若い頃から母親との折り合いが良くなかった友人は、

「ママのことは、正直に言って今も好きじゃないのよ。でもママが病気になった今、その気持ちで介護したら、亡くなった時に一生治らない傷が自分に残りそうで、怖くて。そうなりたくないっていう思いだけで、今は頑張ってる……」

と言いました。

そんな彼女を、しみじみ偉いと思っている、私。私の場合は、母に対する「ウザい」「重い」という思いが破裂寸前まで膨れあがっていた頃、ほぼ突然に母が他界したのでした。友人のように、「母に対するどんよりとした念を浄化するための介護」といった行為も全く無いままに母を見送った私の中には、どんより感が、今も残り続けているのです。

女同士であるからこそ複雑怪奇な、母との関係。ではこの感覚を、五十代の「息子」達は持っているのかと見てみると、母親の重さに悩む息子は、そう多くない模様です。男兄弟がいる友人達は、

「ママって、うちの弟にはいい顔するのに、私にはわがまま放題っていうのが、ムカつく」

と言う。

母親にとって、息子はいつまでも恋人のような「面倒をみてあげたい」存在であるのに、同性である娘は「実用品」。介護要員と目されています。また息子の場合は、「ウザい姑にな

りたくない」と、その配偶者の存在も気にしますが、娘の配偶者は、それほどには気にされないのです。

昔であれば「女は、結婚したら二度と実家の敷居はまたがない覚悟を持つべし」といった思想があったわけですが、我々世代にその感覚はありません。むしろ、妻の実家の近くに住む方が、子育てを手伝ってもらいやすくて便利。私の友人達を見ると、自分の実家で二世帯住宅とか、実家の至近距離に住むケースは、その逆よりもずっと多いのです。

しかし我々も、昔は母親のことを「実用品」として扱っていたのでした。学生時代であれば、毎朝お弁当が出来ているのは当たり前。洗濯も料理も掃除も、母親がやってくれるもの、と。我々世代は、今の若者のように家族に対して感謝することに慣れていませんから、ロクに「ありがとう」も言いませんでしたし、家事労働の背景にある家族に対する愛についても、どれだけわかっていたことか……。

娘が結婚して子供が生まれれば、「ばあば」は子育て要員として、さらに実用品化します。嬉々として孫を育てるばあばがいる一方で、

「自分の子供は自分で育てなさいよね！」

と、ムカついているばあばもいたものでした。

娘が五十代ともなれば、孫も大きくなり、ばあばの手を借りなくなってきます。孫離れを余儀なくされたばあばは、急に寂しくなって娘にもたれかかり、今度は今までとは反対に、

娘が「実用品」化。それまでは頼りにしていた母親が今度はのしかかってくることで、娘はその重さに呆然とするのです。

母親がここまで重い存在となった背景の一つが、やはりあの「人生百年時代」なのだと私は思います。女性の平均寿命が九十歳にならんとしている、日本。母と娘の関係は、延々と続くことになりました。

昔であれば、人は年をとって孫を抱いたなら、さほどの時を経ずしてあの世へと旅立っていたもの。対して今、「ばあば」は孫の結婚式に出席し、ひ孫を抱いた後でも元気に海外旅行に出かけたりします。ばあば達が長い余生を過ごす時に夫に先立たれていたならば、その愚痴も不満もおしゃべりも、受け止めるのは娘ということになるのでした。

長生きのばあばであれば、夫亡き後、三十年は余生が続くこともあります。その間ずっと娘がケアをし続けるとなると、それは自分が一人前になるまで育ててもらった期間よりずっと長いことに。「この重さが、いつまで続くのだろう」という不安で、娘達は虚空を見つめるのでした。

夫の亡き後にボーイフレンドを作ってくれると、娘としては少し負担が軽減されるものです。我が母の場合も、ボーイフレンドというのか飯トモというのか、仲の良い男友達がいたので、私は「ありがたや」と、手を合わせておりました。冬は毎週のように一緒にスキーに行っていたので、こちらの「一緒に食事をする」という負担も減。「どんどん行ってくれ」

と思っていました。

人生が昔よりもぐっと長くなったからこそ、旅行と習い事だけで間を持たせることが難しくなってきた、親世代の余生。配偶者がいなくなったなら、ばあば達にはさらにもう一花、咲かせてもらいたいところです。

我々側にも、寿命が延びたことによって、ずれてきた感覚があるように思います。つまりゴールが遠い先になったからこそ、自分の中にいつまでも「私は『娘』なのだ」という気分が、残り続けているのではないか。自分が子供を産んで親になっても、どこかに「ずっと親に甘えていたい」という気持ちが、ありはしないか。

男性の場合は、その手の気持ちを持ち続けることが許されているのです。母親はいくつになっても息子を可愛がるし、そうでなくても男性は、自分の妻などに対して、擬似母親感覚を持って接することができる。おっぱいパブで母恋欲求を満たしたり、赤ちゃんプレイで子供還り欲求を満たす人もいるでしょう。

対して女性の場合、男性と比べてうんと早く「おっぱい断ち」をしなくてはなりません。社会で働きつつ家庭も切り盛りしてヘトヘトの女性の中には、「お母さん的な存在に甘えたい」という欲求が渦巻いているのに、いい年をした女性は、家庭でも社会でも「お母さん」。せめて自分の母親には甘えられるかと思えば、母親まで「愛して」「構って」としなだれかかってきて、イラッときてしまう……。

母親のことをこれ以上嫌いになりたくない、と悩む、五十代の娘達。彼女達は、母親に対する罪悪感の他にもう一つ、未来に不安を抱えています。それは、「自分も将来、今の母親のようになるのではないか」というもの。自分もまた、娘からウザく、重く思われてしまうのではないか、と。

私に子供はいませんが、その気持ちもまた、わかるのでした。年をとればとるほど、娘は母親に似てくるもの。私も、自分の中に母親の片鱗を見てぞっとすることがままあります。思い返せば我が母も、自分の母親、つまり私にとっては祖母が生きている時はブツブツと文句を言っていたのであり、歴史は繰り返すのですから。

我々世代は、自分の子供と非常に仲良しなので、子供からウザがられる心配は薄いのでは？　という気もします。私々世代が家族をつくる時は、「子より親の方が偉い」といった家庭内の高低差を減らしてフラットな家族関係を形成したのであり、母と娘も、姉妹か友達か、といった感じなのです。

しかしだからこそ募る不安も、あるのかもしれません。母と娘は姉妹か友達のようだけれど、本当は姉妹でも友達でもないということに気づいた時、娘達は冷静な目で、母に何を見るのか、と。

そういえば私も、親から愛情やら教育を与えられる期間が終わった時に、親の見方が変わりました。母親も自分ももう大人、となった時、「この人、そんなに気が合うタイプではないな」と気づいてしまったことが、母親に初めて「重さ」を感じた瞬間だったのです。

そう、親と子だからといって、性格が同じなわけでもなければ、必ず気が合うわけでもありません。中には、

「うちの母が同級生だったとしても、すっごく仲良くなっていたと思う」

と言う人もいますが、それはレアケース。多くの人は「この人とは、合わない……」という淀《よど》んだ気持ちを、母親を看取るまで持ち続けるのではないか。

母親の看取りは、そんな感情から解放される時でもあるのでした。母を亡くした娘達は、泣くだけ泣いた後、一皮剝けた顔をしています。ウザく、重く思い続けたことに対する罪悪感は残れど、その罪悪感によって滲《にじ》む涙は、どこか甘やか。人生に悩んだ時にふと心に浮かぶ「お母さん」という言葉が天に届くかどうかはわからないけれど、そこには好きなだけ謝罪の意を込めることができるのであり、母亡き後に初めて湧き上がる愛情も、ある気がするのでした。

朽ちゆく肉体、追いつかぬ気分

ハズキルーペのかつてのコマーシャルでは、渡辺謙さんが、

「字が小さすぎて読めなーい！」

と、激怒していました。世界的俳優の、やや常軌を逸した演技に呆然とした私でしたが、しかし最近になるとわかります。あの怒りは、老眼世代が抱えている怒りを、とことん凝縮させたものだったのではないか、ということが。

元々がド近眼なので、老眼の進行は比較的緩やかな私。そして元々がメガネ派なので、さりげなく遠近両用メガネにチェンジしたことによって、老眼感はさほど色濃く出ていないかもしれません。

が、もちろん老眼は老眼なのであり、それを痛感するのは、若い女性向けのファッション誌を読む時です。おしゃれなレイアウトのため、文字が小さいのはもちろんのこと、文字の

色が極めて薄かったりすることがしばしば。「何でこんな読みにくいデザインに……」とイライラしてきたところで、私は理解するのです。「渡辺謙の怒りとは、つまりこれだ」ということを。

若者向けファッション誌のデザイン作業は、読者にウケるよう、若いデザイナーが行っていることでしょう。白い紙に薄いピンクの文字を印刷しても、デザイナーも読者も、苦もなく読むことができる。

しかし何の間違いか五十代がその雑誌を手に取ってしまうと、薄いピンクの文字は、白い紙に溶け込むかのようで、何が何やら……。

「こんなんじゃ読めないでしょうよ！」

と怒りを爆発させるも、それはすなわち「これが読めない人は、読者としてお呼びじゃない」ということなのであり、それがまたイライラを誘うのでした。

平均寿命が延びたことによって、若い気分のままでいられる期間は、昔よりもぐっと長くなりました。化粧品や美容医療の進歩は、人々の外見を若々しく保つように。外見が若いままだと、気分もまた若くなってきます。

しかし人体の内部は、確実に年をとっていきます。人生が百年になったからといって、老眼になる時期が先延ばしになるわけではありません。現代の医療はまだ、肉体の各部位の経年劣化を止めることはできないのです。

人生が長ーくなってきた時代、気分年齢と肉体年齢の齟齬《そご》に最も悶々とする年代が、五十代です。娘と洋服の貸し借りができるくらい体型は変わっていないし、センスも年寄り臭くないつもり。であるがしかし、その洋服のタグに書いてある文字が読めない、とか。モテる気は満々だし、配偶者がいようといまいと、性的にも引退していないつもり。であるがしかし、生理はもうない、とか。

五十代にもなれば、白髪やシミやシワといった老化現象には、すでに慣れています。それらが多少増えたからといって、「まぁ、そうなるよね」と、泰然と受け止めるだけの度量はある。

そんな五十代になって「おっ」と思うのは、やはりアラウンド閉経の時期でしょう。およそ四十年にわたって付き合ってきた、生理。そのリズムが、芯がなくなる直前の蠟燭《ろうそく》の炎のように波打ち、途切れ途切れになり、やがて消えてゆく。同時に、様々な体調の変化が起こったりもする。否が応でも、人生の新しいステージに入ったことを理解することになります。

更年期症状は、人によって重度だったり軽度だったり、また現れ方も様々だとのこと。ホットフラッシュや不定愁訴が代表的な症状ですが、それ以外にも様々な不調が、更年期と結びつくようです。

大人向けの女性誌では、更年期世代のことを「ゆらぎ世代」と表現しています。確かに我々の体調は日々ゆらいでいるのであり、常にどこかが痛いとか痒いとか、様々な問題が勃発。私も日々、「一難去って、また一難」と、心の中でつぶやいております。友人の誕生日のメッセージには、必ずと言っていいほど、

「ハッピーバースデー！　健康第一でいきましょう」

などと、健康を祈ったり寿いだりする文言が入るようになりました。

友人が額からタラーっと汗を流して暑そうにしているのを初めて見た時は、「これが更年期……」と驚いたものです。が、そんなシーンにも次第に慣れてきました。

「ゆらぎ世代」向けサプリメントのコマーシャルでは、その世代の女優さんが汗だくになっている姿が映っていました。彼女がカーディガンを脱ごうとすると、優しく手伝ってあげる夫。

そこでは妻が、

「あ、暑いなって思うとね、落ち着かなくなって、ますます暑くなってくみたい。年かな？」

と言うのでした。その言葉に対して、

「綺麗だよ」

と言う夫。

このやりとりに対して、全国四百万人（勝手に推定）のコウネンキスト達が、

「ホットフラッシュで汗だくの妻に対して、夫が突然、そんなことを言うわけなかろうが！」

と心の中で叫んだことでしょう。なんで「年かな？」に対して「綺麗だよ」なのだ、と。

もちろんこれはコマーシャルですので、「ホットフラッシュを気にする妻に対して、夫は優しい言葉をかけるべき」という啓蒙的な役割を果たさんとしているのだと思います。いやもしかすると、「年かな？」という問いに対してどう答えてよいかわからず、「機嫌を損ねてはならじ」という焦りのあまり、支離滅裂《しりめつれつ》なことを口走ってしまう夫の苦悩、を表現しているのか。

いずれにせよ、このコマーシャルの背景には、「更年期という事実をネタにおばさんを揶揄するのはやめよう」という意思はこもっているように見えました。そして、更年期を正しく理解しましょう、という意思も。

昔は、中高年女性が少し感情的になると、「更年期おばさん」などと、陰日向に言われがちでした。男性だけでなく、若い女性もまた、おばさんを差別する言葉として「更年期」を使用していたのです。

私も若い時分は、年上の女性がカリカリしているのを見ると、

「きっと更年期よ」

などとコソコソ言っていたもの。その言葉を使用することによって「私は若い」という優

越感を強めていたのだと思うのですが、そんな自分にも更年期がやってくることを、当時は全く考えていませんでした。

しかしここのところ、少し様子は変わってきました。自然の摂理としての更年期を揶揄するものではないという考えが広まってきましたし、また女性の側も、更年期を「恥ずかしいもの」として隠すのでなく、当たり前に訪れる時期として、表に出すようになってきたのです。

更年期だけではありません。毎月の生理についても、従来の日本女性は、異性にはひた隠しにして生きてきました。それが女の嗜《たしな》みという感覚があったわけですが、しかし隠し続けてきたが故に、生理の真実味は異性に伝わらず、感情的になっている女性のことを男性が、

「あいつ今、きっと生理なんだ」

と言うなど、やはり揶揄の原因となっていたのです。

ここ最近は、生理のことを普通に語ることができる人が、増えてきたように思います。男性の側にも、その大変さを理解しようとする動きが出てきました。

更年期についても、同じなのでしょう。その時期が来たらそうなるもの、という事実を隠さず伝えることによって、身近にいる異性も、「綺麗だよ」とまで飛躍はしなくとも、何らかのいたわりを示してくれるようになったのではないか。女性特有の身体のつらさについては、「伝えなければ、伝わらない」という理解が、浸透しつつある気がします。

更年期に関しては、このように「誰にも言えず、一人で悩む」といった事態は減ってきたわけですが、しかし更年期世代は、様々な病気を心配しなくてはならない世代でもあるのでした。コレステロールだの血糖値だの、色々な「数値」の増減が気になるお年頃。がん等の病気の話も身近で聞こえる機会が増え、人間ドックに力が入るように。

そんなお年頃だからこそ、何か不調が出てくると、「これは一体……」という不安が、一気に募るのです。すなわち、それが更年期による不調なのか、もっと深刻な病気なのか、それとも単なる老化現象なのか……と、悶々とすることになる。

「これって何?」という不安に私が初めておののいたのは、胃においてでした。会食が続き、中華料理だ焼き肉だと日々食べ続けていたら、ある晩急に、どんよりと胃が重くなったのです。

とはいえ五十代、胃もたれが初めてだなどとおぼこいことは申しません。それまでもしばしば症状は感じていたものの、市販の薬を服《の》めば、治っていたのです。

その時も、常備している胃腸薬を頓服《とんぷく》して眠りについた私。ところが翌日になっても、またその翌日になっても、延々と胃もたれが続くではありませんか。次第に食べることが怖くなり、体重も減っていきました。

クリニックで胃薬をもらってみたものの、効果は今ひとつ。ということは、もしかして私にとってはこれが更年期なのか？　ホットフラッシュなどの症状は無いけれど、人によって出方は様々だというし。と、「更年期」「胃もたれ」で検索してみると、更年期の症状として胃もたれになるケースもあるという話ではありませんか。

しかし胃が重いという状況は、もっと深刻な病の可能性もあるわけで、私の中にはむくむくと不安が広がっていきました。胃カメラが苦手という意味では人後に落ちない私ではありますが、その時ばかりは「ままよ」と、管を口から入れた。

結果としては、特に胃に大きな問題はなく、ピロリ菌もいなかったのです。一息ついたものの、ではこの胃もたれの原因は何なのだ、という疑問は残ります。であるならば……と、「更年期の一症状」ということで、自分を納得させることにしたのでした。

食べられないというのは、難儀なものです。会食においても、

「あまり重いものはちょっと……。コース料理も、苦手なんです」

ということになり、場を盛り下げることこの上ない。旅先でも、名物の美味しいものを思い切り食べることができません。食べられるというのは何とありがたいことか、という思いが募りました。

五十代の皆さんはきっと、そのような不安や悩みを、一つや二つや三つや四つ、乗り越えながら生きていることでしょう。さらにこの年頃になると、様々な症状を必ず乗り越えられるとは限らなくなってきます。若い頃も身体の不調はありましたが、それは時が経てば、もしくは治療をすれば治るものでした。しかし年をとると次第に治りが遅くなり、そうこうし

ているうちに「どうやら、治らないのかも」ということも。身体の不調は、「乗り越える」ものから「付き合う」ものになってきたのです。

私の胃にしても、一時の症状は次第に治まってきましたが、少し無理をすれば、また「胃が重い……」ということに。王将の餃子を一心不乱に食べ続ける、といった行為は、もう怖くてできなくなりました。

昔、母親が、

「こんな遅い時間に食事したくないわ」

などと言うのを聞いて「年寄りくさいなー」と思っていましたが、今ではその気持ちがわかるように。母娘って、やはり体質が似るものなのですね。

若い頃は、歌舞伎の夜の部を観る時も、幕間にお弁当を食べるようなことはせず、終演が九時であっても、それから食事をしていました。歌舞伎通のおじさまに、

「終演後に食べられるっていうのは、若い証拠」

と言われた時も意味がわかりませんでしたが、それも今なら理解できる。

つまり私は、「胃弱の人」となったわけです。今後もずっと、繊細な胃をなだめすかしながら、付き合いを続けることになるのでしょう。

友人知人を見てみれば、やはり皆、あちらこちらに悩みを抱えています。何かの薬をずっと服み続けなくてはならない人もいるけれど、

「え、どうしたの？　何の薬？」

などと聞く人はいない。大人のマナーを皆、心得ているのです。

同世代が集まれば、出てきがちなのは、身体の話。

「数値が」

「痛みが」

などと話の種は尽きないのですが、そんな話をしていて思うのは、「意外と楽しい」ということなのでした。身体に訪れる老化や変化に戸惑っているのは、自分だけではないと確認することによって、気持ちが楽になるのだと思う。

たまに、

「老眼って何？　更年期とかも、全く感じたことなーい。みんな大変なのね」

などと豪語する頑健な人もいるのですが、そんな時、

「羨ましいな、若いのね」

などと称賛しつつも、皆の胸に「ＫＹ」の二文字が浮かぶのは、言うまでもありません。せっかく楽しく加齢の傷を舐め合っているのに、無粋な健康自慢をするな、せめて黙っていろ、と。

とはいえ多少の健康事情の違いはあれど、我々は共に死というゴールに向かって進む仲間なのだという事実は、身に沁みるようになりました。現時点で少しばかり老化が遅れていよ

うとも、いつその人がばったりと倒れないとも限らない。今となっては、友人達がどうにかゆらぎがちな五十代を乗り切って、無事に高齢者の域に入ってほしいと、祈るような気持ちなのです。

そんな中でも、ふと気が緩んだ瞬間には、気分年齢と肉体年齢との齟齬のはざまにすっぽりはまってしまう、という事態も発生するのでした。先日も私は、友人達とカラオケで盛り上がっておりました。物書きの私は、仕事でずっと家にいると、一日中ほとんど声を出さないことがあります。最近誤嚥が増えてきたのはそのせいなのでは、ということで、「喉トレ」と称して、シャウトしていたのです。

久しぶりのカラオケは楽しくて、踊りまくりながら歌いまくった私。すると家に帰る時に感じたのは、腰の違和感でした。きっと低いソファーのような椅子に座りつつ踊っていたのが、腰にきたのではないか。

その時に脳裏に浮かんだのは、他ならぬ「年寄りの冷や水」という言葉。若い妻と再婚して子供をもうけた五十代男子の友達が、幼稚園の運動会で「まだ若い」と張り切って走って靭帯《じんたい》を切ったという事件を笑っていた私ですが、もう彼を笑えない……。

それ以来、なかなか治らない腰痛。この腰痛を、私は乗り越えることができるのか、それとも胃弱と同様、一生のお友達になっていくのか。年を取るということは、このように見知らぬお友達が増えていくということでもあるのですね。

性人生の晩年を生きる

電車の中で派手目な若い女性二人が、恋バナをしているのが耳に入ってきました。その時、

「それって、身体だけが目当てだったんじゃないのー?」

という一言を聞いて、不覚にも胸がジーンと熱くなった私。

どうやら女子Aには、付き合っているかいないかが微妙な関係の男友達がいる模様。その関係について女子Bが言ったのが、件《くだん》の台詞でした。それを聞いていた私は、

「身体だけを目当てにされる時代って、そう遠くないうちに終わるのよ!」

と、彼女達に心の中で語りかけていた。「だからその機会を大切に」と言うつもりはありませんが、身体という資源の魅力が有限である事に、彼女達はきっとまだ気づいていまい。

私もかつては、身体だけを目当てにされた時代がありました。……というのはもちろん嘘

で(ちょっと書いてみたかった)、若い時分から、「身体だけが目当て」という人が近寄ってきた覚えはありません。ですからそれだけを目当てにされてすぐ捨てられる、という「身体」を持つ人を見ると、「すごい」と、一種の憧れを持って見ずにはいられなかったものです。「他の部分は特に魅力的ではない、しかしそれをおいてでも一度は『して』みたい身体」とは一体どんなななのだ、と。

昔を思い出せば、相手と特別な愛情を育んでいないのについ「して」しまい、発展しないままに関係が霧散する、といったケースはなきにしもあらず。とはいえそのような時でも、相手からしたら「身体だけが目当て」などでは、決してなかったはずです。「いきがかり上」とか「据え膳感覚」もしくは「珍味感覚」で、何となくそうなったに過ぎなかったのだと思う。

若い頃からそうだったのであるからして、いわんや中年期以降をや。だからこそ、電車内で耳に入ってきた「身体だけが目当て」という言葉に、私は思わず感動してジーンときたのです。

人生における総セックス回数、というものに私の思いが至ったのは、四十歳になった頃だったでしょうか。ごく若い頃、すなわち色々とお盛んだった時代は、人生に終わりが来ることなど考えもしなかったのと同様に、セックスライフにも終わりがあるとは思っていませんでした。

しかし四十代、つまりは立派な中年となった時にふと理解したのは、「人間、いつまでもセックスをし続けるわけではない」ということ。そして「人生の総セックス回数があらかじめ決まっているとしたら、すでに自分はその半分以上を確実に済ませている」ということに気づいたのです。

その時点では「人生はまだ折り返しではない、かもしれない」と、私は思っていました。八十歳を超えて生きるとしたら、今はまだ人生前半だ、と。

しかし「性人生」はと考えると、折り返し地点は過ぎていることは確実でした。これから性欲に再点火して、若い時以上にせっせとこなす、といったことは考えられまい。性的魅力が、四十代にして急に乱れ咲くということも、ありえない。

私は、その「気づき」を、シモ友（＝主にシモがかった話をする友達）に、急いで伝えました。若い頃は、年末に「総括」と称してその年にあったシモがかった話を夜通し語り合っていたものだのに、既にそのようなネタも枯渇した、我々。

「性人生の『後半』って、気づかないうちに迎えているものなのね」

「いや後半どころか、もしかすると、我々の性人生は、既に終わっているのかもしれない」

と語り合いつつ、私達は「無常」の意味を知ったのです。

その頃は既に、セックスレスという事象が世間で話題になっていました。何年も、もしくは何十年も性的関係が無い夫婦は珍しくないと、婦人雑誌などで盛んに取り上げられていたのです。

その手の雑誌を読むと、「レス」状態にある人の飢えは、深刻のようでした。色っぽい下着を身につけてみたものの夫には気づかれもしない、とか。思い切って自分から夫の身体に手を伸ばしたら、

「お前は色◯チガイか」

といった暴言を吐かれて傷ついた、というケースもありました。決して笑い話で終わらせることはできない渇望が、妻達の中には渦巻いていたのです。

夫婦間でのセックスがレスとなっても、男性は風俗などで比較的容易に、レス状態を解消することができます。しかし女性の側は、話は簡単ではありません。そんな女性達を救済するためのボランティアというかお商売というか、そういった活動も登場しましたが、普通の主婦が気軽にその手のサービスを利用できるわけではない。

セックスレスという言葉の登場は、寝た子を起こす働きをしたように思います。何となく消滅していた、夫婦間のセックス。「ま、そんなものか」と思っていたというのに、「セックスレス」という言葉が広まった結果、「えっ、皆は中年になってもしょっちゅうしてるの？」とか「うちは異常なのかしら」とか「セックスしている人の方が心身ともに健康になるって本当？」といった疑心暗鬼が、呼び起こされてしまった。

それによって、ほとんど消えかかっていた性欲の火種に、油が注がれたような人もいまし

た。まさに、眠りについていた性欲が起こされ、「このまま終わっていいのか？」と、焦燥感がメラメラと燃え上がるように。必死になって婚外セックスを求めていた主婦もいましたっけ。

各種調査においても、日本人はそもそものセックス回数が世界最低レベルであるという結果が出ています。おそらくは、若い頃のセックス密度も薄いでしょうし、またセックスからの引退年齢も、諸外国の人よりも早いのではないか。

従来の日本人は、「そういうものだ」と思って、生きてきたのです。周囲と比べずにいれば、性的にも穏やかに、平和に暮らしていくことができた。

それなのに我々は、つい自分の家と他人の家を、そして自国の民と他国の民を、性欲の部分で比べてしまいました。結果、我が家は／我が国はセックスが足りていない、ということに気づき、悶々とすることに……。

日本人の特性を考えれば、セックスレスになるのは当然のように私は思います。世界に冠たる長寿国である日本では、結婚生活もまた延々と続きます。その間に同じ相手と同じ頻度でし続けるというのは、無理がありましょう。

また我が国の国民は、新しいもの好きという特徴も持っています。いくら愛情があっても、同じ相手に対していつまでも性欲を抱き続ける、というのは難しかろう。さらには、日本の女性達が古来、男性達を甘やかし続けてきたせいもあってか、日本男児の性欲は、かげろうのようにはかなく、繊細。配偶者を相手に性欲をキープし続けられるのは、かなり鈍感力の強い人なのではないか。

だというのに、中年期になってからハタと「我が家はセックスレス」と気づいて身もだえるようになった日本女性の、何と多かったことか。一人だけが「したい」と思っても成立しないのがセックスですから、夫婦間で性欲が一致しないと、双方が不幸になります。

一方で、男性向け週刊誌には、「死ぬまでセックス」とか「百歳までセックス」といった見出しが躍っていました。その手の雑誌を見ると、彼等がセックス相手として想定しているのは、糟糠《そうこう》の妻ではなく、自分よりもうんと若い女性。日本の夫婦は、互いにセックスを強く欲していながらも、「でも『する』のは、夫／妻じゃない人がいい」と思っていたのです。

その頃は、

「最後の出産以来、何も私のマタを通過していない」

「セカンドバージンとはまさに私のこと」

などといった会話が、私の身近でも盛んになされていたものです。普通の主婦も「これでいいのか私」と悩んでいましたが、それからしばらく時が経つと、レスはそれほど話題に上らなくなってきました。

日本の夫婦が「これではいかん」と、急にセックスに励むようになったわけではありません。むしろその逆で、「どうにもならない問題について、これ以上騒いでも仕方がない」と

いう感覚に至ったのです。いくら、

「夫婦がセックスしないなんてけしからん！　アメリカでは、セックスしないということだけで離婚の理由になるというのに！」

と猛《たけ》り立ったとて、相手の性欲が湧かないものはしょうがない。

一時は、熱にうかされるかのように、したいしたいと呟いていた日本の中年男女は、「言ってもどうにもならない」と、悟りました。男性は、若い女性に下手にちょっかいをかけたならセクハラ扱いされてしまいますから、そのようなことも控えて、せいぜい風俗程度に。そして女性は、子供への愛、そしてジャニーズや韓流などのアイドルとの妄想恋愛といった代替物で、性愛への欲求を満足させるようになったのです。

気がつけば五十代ということで、セックスを恒常的にしていないからといって変だとされる年齢でもなくなりました。今や若者ですら、セックス離れが目立つ時代。むしろ性的にギラギラしていると、レトロな感じがいたします。私の仲間うちでも、皆がレスということは言わずもがなの事実となり、もはや話題にも上らなくなってきました。

同世代でも性的に現役という人も、たまにはいるのです。結婚が遅かったり、また独身で恋をしている最中という人は、自らのシモがかった話を生き生きと語ってくれたりもするもの。

しかしレス歴が長い人からすると、その手の事例は完全に「外れ値」なのであり、話を聞いても、もはや前世の記憶を弄《いじ》られるような感覚を抱くのみ。他人がセックスをしているから、では自分も、という気持ちにもならない年齢になったといえましょう。

たとえ性に挑む気持ちはあったとしても肉体が追いつかないのが、五十代でもあります。私が密かに、「性の三浦雄一郎」(三浦雄一郎氏を知らない方に注・八十代でエベレストに挑戦している冒険家)として尊敬している同世代の女友達は、若い頃から性の冒険家なのですが、そんな人ですら性交痛を感じるようになってきたと言います。婦人雑誌で得た知識によれば、マタ部の筋肉が加齢によって弾力を失い、性交の時に処女でもないのに痛い、というのが性交痛だとのこと。彼女によれば、

「ローションが欠かせない」

のだそう。

そういった肉体内部の問題の他に、見た目の問題もありましょう。「性交する五十代」を客観的に見るとどのようなものなのかと、私は熟女モノのAVもたまにチェックしてみるのです。

AV業界において、熟女モノの人気が大変に高い昨今。あちらの業界では、二十五歳からは微熟女となり、三十代から本格的に熟女になっていくようです。一般社会においては三十五歳くらいからが熟女意識が高まることを考えると、やはり身体が資本のAV業界では、俗世間よりも十年ほど早く熟女意識が醸成される模様。

しかしその業界において、熟女達は意外と息長く活躍を続けることができます。三十路、四十路は当たり前。五十路、六十路そしてそれ以上も、一定の需要があるのでした。性の現場で傷つきたくない男性が増えている今、何をしても、もしくは何もしなくても許し、包容してくれる熟女が求められているのです。

義母や実母が、旺盛な性欲と超絶技巧で、息子のお相手をしてあげるという熟女モノAVの設定は、今時の男性達の一つの理想図です。とはいえ熟女達の肉体を冷静に見ると、マニア以外には、やはりきつい部分があるのでした。

まだ四十代までは、少し崩れてきたが故の色気が感じられるのです。が、五十代ともなると、いくら美熟女であっても、完熟の先にある爛れ感や腐臭が、漂うようになってくる。動く度に揺れては戻る、下腹部の脂肪。そのすぐ上には、かつて巨乳だった物体が乗っている。体位によっては熟女が真下を向く場面もあるのですが、全ての肉が引力に素直に従っているその顔は、見てはいけないもののよう。

太っていなければいいのかというと、そうでもありません。痩身の熟女の場合は、あらゆる部位に深浅さまざまな皺が刻まれ、それは乳輪であっても免れない。興奮がたかまって我を忘れたその顔は、地獄絵図の炎の中に見たことがある表情なのであり、痩せた熟女は、むしろ肉付きの良い熟女よりも凄惨なのです。

裸の熟女達の姿を見ると、「もしもこんな機会があったとしたら、本当に気をつけなくては！」と思う私。若い頃と同じ気分でいたら、お相手にもご迷惑でしょうし、自分も身体を壊しかねません。

今時の五十代は、「モテたい」とか「ちやほやされたい」といった煩悩を捨てることができないわけですが、しかし若い時のままのこの煩悩に、性的魅力はついていくことができません。

「モテたい」「ちやほやされたい」の先に「したい」という欲望を持っているのであれば、五十代は土俵を変えなくてはならないのでしょう。すなわち、受動の土俵から、能動の土俵へと。

熟女モノAVを見ていると、熟女に期待されている役割は「痴女」であることがわかります。旺盛な性欲や、長い人生で培《つちか》ってきた性のテクニックをもって、男性に自分から迫っておもてなしをするのが、あるべき熟女の姿なのです。

すなわち「愛されたい」「迫られたい」「求められたい」という受動的な欲求は、熟女が抱いても決して満たされないものなのでした。中年になって性的に枯渇しているのは、いつまでも受動的欲求から解放されない人。対して性的に満たされているのは、若い女性の特権である受動的欲求を早々に手放して、自分から積極的な働きかけをする能動的な人なのです。

特に性的な場面においては、能動的に動くと男性がすぐに萎えてしまうので、受動的になるクセがつきがちな、日本女性。しかし女性も五十代ともなれば、「あなたの意のままになります」という受動的魅力だけでは、もはやアピールしない。いつまでも受け身でありたいという女性は、年だけ食った性的童女なのであり、真の「熟」女とは言えないのではないか。女も年をとったなら、相手をリードする気概が必要なのだ。

……といったことを熟女モノAVを見ていると思うわけですが、もちろんAVの世界の常識が一般の世界に通用するわけではありません。受動的な女性を好む日本の男性に慣れすぎた我々が、AV的熟女になるのは、そう簡単なことではないのです。

かつてシルバー世代の男女がラブホテルに入っていく姿を見たことがありますが、高齢者の方々は、案外性的にアクティブだとのこと。もう少し年をとったなら、また新たな性の地平が見えてくるのかもしれないと思いつつ、性の後半生は淡々と過ぎてゆくのでした。

五十代独身問題

独身女性達の思いを込めた『負け犬の遠吠え』という本を書き始めたのは、私が三十五歳の頃。本が出た後、年上で独身の女性に、

「三十代なんて、犬でいられるだけ全然マシ。四十代になったら、ゴミみたいなものよ」

と言われたことがありました。

その時は、「何を大げさな。三十代も四十代も、そう変わらないでしょうよ」と思っていたのですが、後になって考えると、その言葉の意味がわかる気がします。四十代がゴミとまでは思わないにせよ、三十代は、まだまだ若かった。自然妊娠の可能性も高かったし、体力もあった。三十代であるが故の悩みも深かったものの、ジタバタしようがあった、と言いましょうか。

あの本は当時、「私達はこんなに楽しく充実した独身生活を送っているのだから、結婚な

どしなくてもいいのだ」というアピールだと誤読されがちでした。しかしそれは私の意図とは全く違っていたのであり、私は昔も今も、「お相手はいた方がいい」という主義。だからこそ真剣に、〝負け犬感〟を抱いていたのです。

昔も今も、私は自分の身近にいる独身者には、せっせと婚活を勧めています。最近は、ポリティカルなんとかに引っかかるのか、幸せな結婚生活を送っている人が、

「結婚っていいわよぅ。あなたもすればいいのに」

と独身者には言いづらくなってきました。

「人それぞれなんだから、そのままでもいいんじゃない？」

と優しいことを言う人ばかりになってきたわけですが、しかし全ての外圧が無くなってしまったら、日本の人口はますますジリ貧です。

その点、私のような者からであれば、婚活もまだ勧めやすいというもの。『負け犬』のエピソードに登場した友人達も、その後、頑張ってお見合いやらマッチングサービスやらにトライした結果、皆さん結婚と相成ったのです。

では自分はどうなのかといえば、さんざジタバタともがいた末、三十代の末期から続く相手とは結婚はしていないものの同居生活を送っているという状態。それを「事実婚」と言うのか「内縁関係」と言うのか、はたまた「同棲」と言うのかわかりませんが、まぁどれでもいいと思っています。

周囲の人は、そんな五十代男女をどう取り扱っていいか、困っているでしょう。私が「ウチの者」とか「ウチの男」などと言っている相手のことを、「ダンナさん」と言う人もいれば「ご主人」「彼氏」と言う人もいます。五十を過ぎて「彼氏」と言われるのも恥ずかしいというか申し訳ないのですが、しかし周囲の人々としても戸惑いがあるのだと思う。

私は、周囲の人に戸惑いを感じていただくのも、自分の一つの役割なのかも、と思っているのでした。男女が結婚して子をなして、という従来型の家族だけが家族とは限らなくなっている、今。既存の家族に当てはまらない、変な存在感の人がいることを知っていただく一助とはなるのではないでしょうか。

結婚というハードルがあまりに高いからこそ、飛び越える気が萎えて立ちすくんでいる人も多い中で、「別に結婚をせずとも、『お相手』づくりはできるのでは？」というご提案感覚を、私は持っています。「いい年をして結婚していないカップル」がいてもいいんじゃないの、と。

同世代の友人知人を見ていると、独身でいる人は珍しくありません。二〇一五年時点で、生涯未婚率は男性が約二三パーセント、女性が約一四パーセント。生涯未婚率とは、「五十歳の時点で一度も結婚したことがない人の割合」ですから（「五〇歳時未婚率」と名称変更するらしい）、我々五十代独身者は、「今までできなかったんだから、もう一生、結婚はしないでしょ？」と思われていることになる。

それは、半ば事実なのです。晩婚傾向、というか非婚傾向が強い学校に通っていた私の同級生達は、生涯未婚率の倍以上の割合で独身なのですが、五十代の今、結婚にがっついている人は、既に見当たりません。

独身でも、お相手がいる人は、たくさんいます。私のように同居している人もいれば、親の介護があるので同居はできないけれど、交際しているという人も。また、交際相手は離れた場所に住んでいるということで、週末だけとか、月に半分といった割合で同居をしている人もいます。

五十代独身で交際相手アリ、という人達に話を聞いても、その相手と結婚したいという感覚は持っていないケースがほとんどです。

「今から結婚したって、向こうもウチも親の介護があるし、あとは親が他界した時の相続問題とかも考えると、下手に結婚する方が面倒臭いじゃない？　今さら子供を作るわけでなし。それぞれが自分の親の面倒を見つつ、助けられるところは助け合うっていう感じだから、結婚する必要性は感じないのよねー」

とか、

「相手はバツイチで、もう育ちあがっているとはいえ子供もいるから、結婚しちゃうと財産問題がややこしい。結婚しなくても、別に不便は感じないし……」

といった感じ。

五十代ともなると、ウェディングドレスへの憧れもなければ、周囲に「私だって結婚できないわけではないのだ」と証明してみせたいという気持ちも霧散しています。子供を産み育てるために存在するような日本の結婚制度を利用する意味は無いわけで、単に男女が（のみならず、同性同士でもよいわけですが）人生を共にするだけであれば、国からお墨付きなどもらわない方が、「面倒」を減らすことができるのです。

周囲の人も、温かく見守ってくれているようです。特に親御さんは、

「この子はずっと一人で生きるのかと思ったら不憫《ふびん》だったけれど、誰かいるならそれだけでも安心して死ねる。というより、今さら結婚などされてお相手と〝親戚〟になるなんていう面倒なことは、こちらも年老いているのだし、したくない。籍だけは入れないでほしいものだ」

などと言っています。

親や兄弟が他界した時、私もご近所さんや親戚から、

「でも、パートナーの方がいてくれてよかったわ。一人じゃ心配だもの……」

と、さんざ言われたものです。それを聞いて、「やっぱり独身者って心配されてるわけね」と思ったのですが、とにかく周囲の人としては、もはや中年の域からも出かかっている初老の女が一人でいるのは気がかりであり、誰でもいいから一緒にいてほしいと思っているようでした。

たまに、

「でもあなた達って、きちんと結婚していないわけでしょう?」

とサベツされる時もあります。が、それはなぜか、比較的結婚歴の浅い人に多いのでした。どんな集団であっても、後からそこに入った人の方がその集団らしさを濃厚に身につけるものですが、「既婚者」という集団においてもそれは同じなのでしょう。かえって、若いうちに結婚した結婚歴の長い人の方が、

「いいなぁ、結婚していないで相手はいるっていうのが、一番いいよねぇ」

という感じなのです。


五十代独身で特定の相手はいない、という人もまた、結婚に対して積極的ではありません。ずっと実家暮らしであったり、またずっと一人暮らしであったりで、生活ペースは既に安定している。若いうちであれば、恋愛などをして生活が激変するのもまた楽しいと思うことができたけれど、今からそれはもう無理、などと。

男性と女性で、意識が異なる部分もかなりあるようです。女性の場合、恋愛相手とか茶飲み友達のようなお相手がいてもよいと思った時、「相手はやっぱり同世代かしら」と考えていても、結果的に候補として紹介される男性が、若くても六十代だったりするのでした。

ということは、相手からはほとんど介護要員として期待されているわけで、後妻業などを考えていない限り、積極的に関わりたくはないのが正直なところ。

対して男性の場合は、五十代独身でも、お相手に三十代を求めていたりします。よほど先方がお金を持っていない限りは、三十代女性も五十代男性とは積極的に付き合いたくはないわけで、そちらもやはり不首尾に終わる。

同世代の女友達がある時、

「この前、沖縄のブセナテラスに男の人から誘われたんだけど……」

と言うので、

「いい話じゃないの！」

と色めきたてば、

「でもその人、八十代なのよ……」

と、暗い顔をするではありませんか。「私、もう八十代からしか女としては見られないっていうことなのかと思ったら、すごくショック。むしろ誰からも誘われない方がマシ」と、彼女は落ち込んでいました。

その気持ち、非常によくわかります。自分の中で、「あ、いいな」と思う相手は四十代男性だったりするのが、五十代の女。とはいえ冷静になれば自分は五十代なわけで、「四十代男性はもっと若い女性を求めるだろう。高望みをするのはやめよう」と、妥協しているつもりで五十代男性に照準を絞っている。……というのに、こちらを相手にしてくれるのは五十代ではないどころか六十代でも七十代でもなく、八十代男性だったとは。

やはり男性は、何歳であろうとうんと年下の女性が好き。そんなことは三十年前からわかっていて、自分が若い頃は、そんな男性心理に乗っかって、いい思いもしてきた。……が、「八十代と一緒に高級リゾート」というのは、いくら五十代でも、ちとキツいものがあります。我々は「八〇五〇問題」の当事者世代でもあるので八十代には親しみを持ってはいるのですが、しかし八十代のお世話をするのは親で精一杯。家の外までは手が回らないのでした。

五十代で独身で、というのは、このように非常に微妙な立場なのです。心の中では、「結婚まではしなくても、特定の相手がいたらいいな」と思っても、いざ探すとなったらうんと年上の人しかいない、とか。その前に、「今さらお相手がほしいとか、恥ずかしくて言えない」と、積極的になれない人もいます。

寂しさの質も、三十代の頃とは違っています。

健康や体力や仕事の面など、昔は存在しなかった不安を抱えての「一人」という状態は、若い頃の「一人」とは異なる。高齢者の域に入ってしまえば、配偶者と死に別れたりしてシングルに戻る仲間も増えてきましょうが、まだその年頃までは間があるため、もやもやとした気分が続く……。

子育てが忙しかった頃は疎遠になっていた既婚子持ちの友人達は、五十代ともなると子育てを卒業する人が増えてきます。独身者ともまた一緒に遊ぶようになってくるのですが、しかし冷静に考えると、彼我《ひが》の立場は大きく異なるのでした。

既に親などを見送った経験を持つ人も多い我々、「子供というのは、親を無事に死なせるために存在するようなもの」という実感を覚えています。となると、子ナシの者は「私は、どうやって死ぬのかしらねぇ」という不安を、覚えずにはいられないのです。

子アリの友人達は、

「子供がいたって、面倒見てくれるとは限らないわよ」

「迷惑かけたくないしね」

などと気を遣って言ってはくれますが、しかし最近の親子は皆、仲良しですから、死に際した母親を、丁寧にケアしてくれることは間違いない。もしそれほど仲良しではない親子であっても、親が死んだらさすがに放置はしないでしょう。一応きちんと焼いて骨をどこかに納めるくらいは、してくれるのではないか。

しかし子ナシ派は、マジで「独身老女の腐乱死体」と化す危険があります。三十代の頃は、のんきに「腐乱も辞さず」などと言っていた私ですが、今になれば腐乱がいかに周囲の人にご迷惑をおかけするかがわかります。やはり腐乱は、避けねばなるまいて……。

腐乱までいかずとも、「どうするよ、この人？」と、身寄りのない死体と化して人々を困惑させる可能性は、大。これから、死後の処理を任せられる子孫を持たない独身者の死はどんどん増えていきましょうから、そうなった時の対策を、子ナシ派は生きているうちから、と言うよりも、自分で考えることができる間に、しっかりと立てておかなくてはなりません。

配偶者や同居人は、生きているうちの面倒を見たり見られたりする対象となります。私なども、一人でいるのは大好きだけれど、かといってずっと一人で生き続けられるという確信を持つほどは強くないので、「お相手」を求めたのです。

しかしこの先、離別することもありましょうし、女性の場合は、相手に先立たれる可能性が高い。最後に残るのは自分一人となった時に、子供の有無の差は大きくなってきます。

子ナシの我々は、「子供に迷惑をかけるのではないか」という心配は、しなくてもよいのでした。しかし、自分のきょうだいやその子供、すなわち甥姪に迷惑と負担をかけるという心配、を通り越して「恐怖」が待っています。いくら「迷惑をかけたくない」と言い張ったとて、自分で自分の死亡届を出すことはできないわけで、世の甥姪達にとって独身のおじおばの存在は、大きなリスクなのです。

前述の「八〇五〇問題」とは、引きこもりやニートの五十代と八十代の親が、社会から取り残されていく、といった現象のようです。私は今のところ引きこもっておらず、また引きこもったとしても面倒を見てくれる親のいない身ではありますが、しかしこの問題は、他人事とは思えないのでした。

それというのも私は、どこにも「所属」をしていない身の上。会社員でもなければ、誰かの妻でも親でも子でもないという、仕事の面以外でも、非常にフリーな立場なのです。「八〇五〇問題」の当事者が、どこにも所属していないが故に孤立状態を深めていることを考えると、「明日は我が身」という思いが深まります。

日本は、会社や家庭など、何かに所属していれば安心して過ごすことができる社会ですが、そうでない人の場合はかなりきつい。だからこそ、人は若いうちに何かに所属しておくために頑張り、所属という状態を維持することがつらくても、非所属になる方が大変なので、歯を食いしばって所属状態を続けるのでしょう。

となると私のような者は、「八〇」の親は既に存在しなくても、単なる「五〇問題」の当事者。どこにも所属せず、社会から孤立する単身者は、この先どんどん増えていくこと間違いありません。

ああ、『負け犬の遠吠え』を書いた時は、やはり若かった。あの頃は、結婚さえすれば様々な問題は解決するような気がしていました。また結婚をしなくても、まぁまぁ楽しく一人で生きていくことができるようにも思っていたけれど、しかしどんなことにも「その先」があるのです。結婚すればゴールなのではなく、結婚のその先に、さらなる山やら谷があった（らしい）し、独身のまま生きていったら、五十代で感じる寂しさは三十代とは全く違ったのですから。

いわゆる、バブル世代の我々。「アリとキリギリス」のお話が身にしみるお年頃となりました。バブルの頃、アリさんのことをせせら嗤っていたわけではないけれど、なぜか縁がなくてキリギリス的な生活を続けた今、今度は「キリギリスは、どう死ぬか」という問題が見えてきたのです。

そんなことを考えている今も、未来から見たらまた「若かった」ことになるのでしょう。「一人で死んだらどうしよう」などと不安になるよりも、「一人で死ぬ」ことを前提に準備を進め、「一人でも普通に死ぬことができる」と後世に示すのが、我々に与えられた最後のお役目、ということになるのかもしれません。

再会と再開の季節

大学を卒業し、社会人になってから三十年が経ったということで、「卒業三十周年」および「入社三十周年」の集いが、立て続けに開催されている、昨今。その手の集いには今まであまり顔を出したことがなかったのですが、「三十年、ねぇ」と、来し方を振り返る気分になり、今回は出席してみることにしました。

昭和最後の年であり、平成最初の年である一九八九年に大学を卒業して、社会に出た私。そんな我々世代の社会人人生は、平成時代と重なっています。令和の時代になったということで、この三十年に区切りをつけてみる気になってきたのです。

同窓会的な集いの楽しさの一つは、そこに「同世代しかいない」というものです。儒教的刷り込みが根強い日本に生きる我々は、常に他人と自分の年齢を気にして、敬語を使用すべきか否か等を考えつつ、生きています。

「年齢なんて、関係ありません！」

と豪語する人もいますが、例えば初対面の年上の人にいきなりタメ口で話すことができるのは、特殊な才能を持つ人だけでしょう。

相手が年上か、年下か、どんな世代か。……といったことをいつも気にする癖がついている日本人にとって、同窓会はその手のストレスから解放される場。私達世代にとっては、この三十年間ずっと抱き続けてきた「バブル世代ですんません」的な気分も、どこかに置いておくことができます。

大学の卒業三十年の集いは、母校で開催されました。会場のあちこちに見えるのは、知っているような知らないような顔の数々。次第にピントが合ってきて、

「あ、○○君だ」

とか、

「××ちゃん、変わらない」

という感慨が湧いてきました。

授業にあまり行かず、かつさほど社交的なタイプではない私は、大学ではあまり友達ができませんでした。スチュワーデス（当時の言い方。今で言うＣＡ）や女子アナになったような、綺麗どころの女子大生達に対しても、また地味で真面目そうな人達に対しても、〝自分とは別種の人達〟という感覚を抱いていたのであり、どちらの仲間にも入ることができなか

ったのです。

しかし三十年の時が経つと、そのような感覚を乗り越えられるようになった自分がいました。若い頃は、自分と少しでもタイプが違う人との間には壁を作っていたのが、今となっては「皆、同じおばさん／おじさんなのだ」という同胞意識が強くなり、誰とでも愛想よく（個人の感覚です）話すことができるようになっていたのです。

年をとることの醍醐味は、その辺りにあるのかもしれません。スチュワーデス・女子アナ系のキラキラ女子も、長く生きることによってキラキラ感にそれなりのくすみが加わっていぶし銀の魅力に転換、親しみやすい雰囲気に。一方で、真面目そうだった人々は、話してみれば意外と面白い人だということがわかったり。

そんな真面目女子と久しぶりに話して、

「順子は授業中、いつも寝てたよねー」

と言われた私。その時に私は、「いつも寝ていた」という事実よりも、「私のことを『順子』って呼んでくれる人がいるんだ！」ということに、いたく感動したのです。「酒井さん」やら「酒井」と呼ぶ人ばかりの中で、「順子」という言い方が、何と新鮮に響いたことか。

会の最後には、応援団による校歌や応援歌が披露されました。現役大学生の応援団とチアリーダー、及び三十年前に卒業した応援団とチアリーダーの共演となりましたが、脚の長さから動きのキレまで、現役と五十代の差は歴然。現役大学生達からほとばしる若さが眩しくて目が潰れそうなのですが、しかし現役に負けじと頑張っている同級生達に嗚呼、シンパシイ……。

そういえば応援団の団長だったS君は三十年前の夏、神宮での野球部の応援が忙しいというのに、マイナー体育会の我が部の試合の応援に、それも遠く茨城の会場まで、駆けつけてくれたのだっけ。

「あの時は本当にありがとう」

と三十年ぶりにお礼を言うと、思わず目頭が熱くなってきます。涙腺が緩みがちというのもまた、お年頃というものでしょう。

「とんでもない！　あの時は楽しかったよ」

と語るS君は、相変わらず爽やかな、永遠の好青年だったのでした。

その後、開催された入社三十周年の集いは、都心のレストランが会場でした。少し遅れて到着し、レストランの中をパッと見た瞬間、「年配の人達が集まっているな」という第一印象を得たのですが、よく見てみるとそれが、自分がこれから参加する集団。一人一人と会えば、

「変わってないねー」

と半ば本気で言い合ったりもするのですが、集団として見ると、実年齢が醸《かも》し出すくすみ感を隠すことはできません。

ま、そんなもんだわな。……と自分もその中にダイブすれば、いとも容易に溶け込むことができます。

全体的に言うと、激太りや激ハゲしていてびっくり、という人は少なかったのでした。同期の女子は、

「こういう会はさ、ある程度自分の体型とかに自信がある人しか来ないんじゃないの？」

と言います。フィットネスブームのせいなのか、腹肉がベルトの上にのしかかるような男子は少なく、割と皆、しゅっとしている。聞けば、ランニングなどをして鍛えている人が多いようですし、

「俺は夜に好きなものを食べたいから、昼は毎日、抜いてるんだよね」

という人も。

しかし腹の引き締まった男子ばかり見ていたら、次第につまらなくなってきたのです。だらしない腹をさすりつつ、

「グェッヘッヘッ」

などと揚げ物をつまみながらビールをあおってこそ、五十代ではないのか。そんな腹の男子達に、

「ちょっとは気をつけなよ！」

などと呆れ顔で言うのが、この手の集いの楽しさではないのか。平らな腹をして、彼等は

何を望んでいるというのか……。

頭部の老化もまた、さほど目立つ人はいません。男性の薄毛問題が解決されたわけではないものの、薄毛になったなら潔く坊主にするという手段が、有効活用されているのです。髪が薄くなっても、今時の五十代は昔のおじさんのように、サイドの髪を伸ばして頭頂部を隠したり、バーコードにするケースは皆無。彼等は皆、髪を短く刈りそろえて、竹中直人やトム・フォードのようなオシャレ坊主にしているのです。すると、「贅肉の少ないオシャレ坊主」という、似たような人が同期会の中に何人もいることになり、ほとんど見分けがつきません。

とはいえ同期達が老けていようといまいと、出世していようといまいと、今となってはどうでもいいという優しい気持ちの自分が、そこにはいました。三十年前は、皆がギンギンしていたため、誰が優秀で誰がモテるかなど、水面下での鍔迫《つばぜ》り合いが行われていたもの。私などは、皆が皆、自分よりもうんとイケてる気がしてならず、ちんまりしておりましたっけ。

しかし五十代にもなってそれぞれが人生の山谷を経験すれば、ギンギンしたところも次第に摩耗。イケてるとかイケてないということはどうでもよく、縁あって自分と同時期に学んだり働いていたりした人が健康で生きていることが、嬉しくなってくるのです。私はさっさと会社を辞めたので、この三十年間、接点の無かった人がほとんどでしたが、同時期を生きた者としてのちょっとした戦友気分が、そこにはありました。

同期会が終わり、同期の女子と二人で歩いていたら、男子二人と一緒になって、

「では軽くもう一軒」

ということになりました。三十年間、ほとんど話したこともないメンツでしたが、普通に世間話ができるのは我々が大人だから。

彼等と別れた後、一緒にいた女子が、

「なんで私達に声かけたのかしらね。ひょっとして下心があったりとかして？　きゃっきゃっ」

などと言っていましたが、そのようなことがあるはずもない。

「あなた、よくそんな能天気なこと言えるわね。単に、我々が目の前にいたからでしょうよ」

と、私は爆笑したのです。

「下心」と彼女が思いたくなった気持ちも、わからぬではありません。中年期以降の同窓会というと、「昔好きだったあの人とつい、二次会の後にホテルへ」といった逸話をよく聞くものです。青春期の炎が再燃、というケースがままあるらしい。

しかし五十代になってみると、その手の行為は四十代までのような気がしてきました。五十代になったら、昔の仲間達を異性として見てどうのこうのという異性愛の世界から、互い

の無事を喜び合う人類愛の世界へと移行していたのです。

自分が若かった時代は、そんなおじさん・おばさん達の心境は、微塵も理解することができませんでした。親のことを思い返しても、しょっちゅう同窓会に行っているようだけれど何が面白いのだか、と思っていた。

オーバーに言うならば、自分が若かった頃は、おじさん・おばさんのことを自分と同じ人間だとは思っていなかったのです。人間＝自分の世代。それ以外の人は何か他の生き物、という感じ。

しかし三十代、四十代、五十代……と年をとるにつれ、「こんな年の人も人間として生きていたのか」との発見をするように。「ということは、六十代、七十代、八十代だって」という想像も、つくようになってきました。

同窓会的な集いに参加して思うのは、「五十代というのは、『reunion』すなわち『再会』のお年頃なのかも」ということでした。かつて兼高かおるさんが、年を取ってからの旅の妙味は「再訪」にあり、とエッセイにお書きになっていました。かつて訪れた地にまた行って、懐かしい人に会ったり、記憶に残る風景を確かめたりするのが楽しいのだ、と。

人との付き合いにおいても、同じ楽しみがあるようです。友人知人の、時を経て変わる外見、変わらぬ精神に接することは、自分の源流を振り返ることにも通じるのではないか。

昔の仲間達との reunion が楽しいだけではありません。五十代は自分が若かった時代にしていたことがしたくなる、つまりは「再開」の季節でもあります。

たとえば私は、前にも書いた通り趣味で卓球をしていますが、それというのも中学時代に卓球部に所属していたから。「またしてみたい……」と、再びラケットを握ってみたら、これが面白かったのです。

きちんと習うと、技量が上達するのがまた、新鮮でした。中年になってからというもの、「退化」「喪失」といった感覚は日々、感じていましたが、何かを頑張って練習すると、「進歩」とか「向上」といった実感を得ることができるのです。

昔とった杵柄を再び握り直したくなる、というのは私だけではないようです。同じように、かつて部活でしていたスポーツを再開した人もいれば、とある友人は、子供の頃からずっと習っていたものの、子育てで中断していた茶道を再開したのだそう。

「そうしたらすごく楽しくて。自分はお茶が好きだったんだなぁ、って実感したわ」

とのことで、もう少ししたら茶道を教える側になるようです。

勉強を再開している人も、多いのでした。企業で研究職に就いている知人は、五十代となってふと、「自分はこのままでいいのだろうか」と思ったのだそう。会社では責任のある立場にもなり、それなりの実績も残してきた。しかし五十代になったある時、「自分はもしや、すごく薄っぺらな人間なのでは？」という気持ちが深まってきたということで、彼はさらなる知識を得るべく、自分の専門とは違う分野での勉強を始めることを決心したのです。

「初対面」や「初体験」は刺激的で楽しいものですが、中高年の繊細な心身にはやや刺激的に過ぎる、ということがあるものです。その点、「再会」や「再開」は、全く初めてのことではないので、ヒリヒリするようなストレスは回避できる。とはいえ、長らくご無沙汰していた人や行為と再び出会うことによって、一定のわくわく感は得ることができる……。

それは、故郷に戻るような行為なのかもしれません。子供から大人へと成長するにつれ、人はどんどん未知なる世界を開拓していくわけですが、ふとその歩みを止めて、自分がスタートした地点を振り返ってみたくなるのが、我々のお年頃。

まだまだ人生は長いので、完全に故郷に戻ってしまうことはできません。しかし懐かしい人や事物に接することによって、人生中盤における息抜き的な感覚を得ることができるのではないか。

親のことを思い出すと、六十歳を過ぎた頃から、同窓会の頻度が加速度的に高まっていったように思います。男性達が定年で引退してから、同窓会はどんどん盛んになったようで、ほとんど毎月のように開催されていましたっけ。

次第に、食事をする程度では満足できなくなってきて、定期的に皆で旅行にも出かけていました。リタイア年代となると、故郷回帰の感覚が進行し、「再会」がちょっとした息抜きやレジャーではなく、本職のようになってくるのでしょう。

気がついてみたら、六十代は自分にとって、そう遠い未来ではありません。大学の卒業三十周年の集いがお開きになる時、司会を務めていた元女子アナは、「次回ここで集まるのは、卒業四十周年の機会ですね。その時、我々は、六十代になっています。それまでみなさん、どうぞ元気でお過ごしください！」と、語っていました。それを聞いて、「そうか……」と思った私。今は、会場で「俺、こんなに出世したんだぜ」的に名刺を配っている男子も、次に会う時はリタイアして、頭に手拭いを巻いて、蕎麦打ちに夢中になっているのかも。

そう考えると、「今はまだ、郷愁に身を任せてウットリしている場合ではないのではないか」という気がしてきました。再会は楽しいし、かつて慣れ親しんだメンバーと共にいるのは楽でもあるけれど、その安寧《あんねい》に身を浸すのは、もっと年をとったら、いつでもできること。今はまだ、別の世界を拓いていった方がいいのではないか、と。

卒業三十周年の集いがお開きになってから、同級生達は三々五々、二次会へと散っていったようです。一方、大学で友達ができなかった私は、一人で駅へ。

昔の仲間と会うのは、楽しい。けれども今は皆、別々の道を歩んでいて、その道が交わるのはもう少し先のこと。……と、そんなことを再確認できた、再会の季節なのでした。

初孫ショック

同い年の友人と久しぶりに会って、食事をした時のこと。

「ちょっと、話があるんだ……」

と真面目な顔をしているので、「不倫をしてしまった」とか「離婚することになった」とか、そちら方面の話かと思って身構えていたところ、彼女が口にしたのは、

「実はね……、私、三年前に孫が生まれたの」

ということだったではありませんか。

全く想定していなかった打ち明けの内容に、思わず、

「ま・じ・で！」

と、叫んだ私。そして、不倫だ離婚だといった事象しか思い浮かべることができなかった我が身を恥じた。

五十代前半の女性に孫がいるのは、全く珍しいことではありません。ヤンキーの世界においては、十代で子を産むヤンママがしばしば見られるものですし、それが二代続けば三十代で祖母に、三代続けば五十代で曾祖母になることができるのです。

ヤンママでなくとも、二十四歳で産んだ娘がまた二十四歳で子供を産めば、四十八歳の時には孫が誕生することになります。人生五十年の時代は、それくらいの年齢で女は子を産み、そして孫を抱く幸せを味わってから数年経った頃に、この世から退場していたのでしょう。

しかし、時代は変わりました。日本人の寿命は延びて、平均初婚年齢も、どんどん上がっています。特に私は、日本有数、否、世界有数の晩婚地帯（＝東京）に非ヤンキーとして生まれ育ったため、友人達を見ても、二十代後半で第一子を産んだという人がトップランナー。ヤンママよりも十年ほど遅い子産みです。その時に生まれた子供達はまだ結婚していないので、身の回りに孫がいる人が存在しなかったのです。

バツイチである夫の連れ子に孫が生まれた、といった話は、かつてありました。

「えっ、○○ちゃんって、義理の関係とはいえ、もうおばあちゃんになったの！」

と、その時も軽いショックを受けたものですが、血を分けた実の孫を持つ人がとうとう出現したというニュースがもたらした驚きはその時の比ではなく、新しい人生ステージの幕が開いたかのよう。隠し子ならぬ「隠し孫」に驚く年になったか……と、自分の年齢を改めて実感することとなったのです。

友人によれば、彼女の子供はまだ学生のうちに、いわゆる「できちゃいました」という状態になり、色々あったけれど結婚して産むことになったのだそう。

「だから、何となく言いづらくて今まで黙っていたんだけど」

ということではありませんか。目の前にいる彼女は、二十代の頃と変わらず可愛らしい雰囲気なのだけれど、そんな彼女は既に「祖母」。……という現実をすぐには受け止めることができず、

「おめでとう！　もうおばあちゃんだったなんて、すすす、すごいね！」

と、私はアワアワしながら寿いだのです。

そんな彼女に、

「やっぱり、孫って可愛いの？」

と問うてみると、

「そりゃあもう」

と、スマホで写真を見せてくれました。孫の可愛さを語るという行為は、自分とは違う世界の人、すなわち「高齢者」がするものだと思っていた私は、自分と同じ位置にいる人が大泉逸郎ばりに孫の可愛さについて語るということに戸惑いつつも、やはり小さな子供は可愛いもので「いいなぁ」と思った。孫なら、いてもいいかも……。

彼女はもちろん、孫に自分のことを「おばあちゃん」とは呼ばせていません。私の母親世代くらいから、「おばあちゃん」を拒否して「ばあば」と呼ばせる人が増えてきましたが、私達世代となると、

「『ばあば』とか言われるのも嫌じゃない？　だから、『まりちゃん』って、名前で呼ばせてるの」

とのことでした。昨今、親子関係がフラット化していると言いますが、今や祖父母と孫の関係も、限りなくフラットになっているようです。

思い起こせば四十余年前、小学校の高学年の時代に、

「実は生理になったの」

といった告白を初めて友達から聞いた時のびっくりした気持ちを、私は覚えています。シモ関係の事象については、知識だけは豊富な耳年増ではあったものの、肉体的にも実体験的にも晩熟傾向にあった私は、「えっ、もうそんなに先に行っている人がいるの！」と思ったのです。

高校生にもなれば、

「実はこの前、○○君とAしちゃった」

とか、

「Bまでいった」

とか、

「とうとうCに到達!」

みたいな話も耳にするわけで（ABCとは何なのだ、と思う方は、お近くの五十代にお尋ね下さい。皆、親切に教えてくれると思いますが、「B」については説明されても意味不明かも）、いちいち私は「もうしちゃったの!?」と、友の早熟ぶりに驚いていたのです。

そうこうしているうちに自分も性的にアクティブになったわけですが、それ以降の長い人生の中では、

「生理が二ヵ月来ない、どうしよう」

と友に言われて共に善後策を練ったこともあれば、

「実は結婚することになった」

と聞いて、喜び合ったこともありました。さらには、

「実は離婚することになったから、証人になって」

ということもあったし、だいぶ大人になってからは、

「実は深刻な病気になってしまって……」

という告白も聞くように。

友人から様々な「実は」を聞いて、私はいちいち、「もうそんなに!」と驚きつつ、自分が立っている人生のステージを実感してきたわけですが、ここにきてとうとう、「孫」。私に

は子供がいないので、子供の成長を見ることによって自分の立ち位置を実感することがありませんが、今回もまた、友人の立ち位置を見ることによって、自覚を深めることとなりました。

私はジャネット・ジャクソンと同い年なのですが、彼女は五十代にして出産しています。今や相当なお金と根性を出せば、五十代でも子供を産むことができる時代であるわけですが、普通の流れでいけば、「子を持つ年代」ではなく「孫を持つ年代」なのです。

思い返せば私の母親が五十代の頃も、周囲の友達に孫が生まれるのを見て、羨ましそうにしていたものでしたっけ。母親世代の女性達は、二十代前半で結婚・出産をしている人が多いですから、子供が三十歳になっても、親はまだ五十代前半だったのです。

しかし我が家は、兄は結婚していても子供はおらず、私は独身。兄のところに遅い子供が生まれたのは、母が六十代後半となってからでした。

その時、私は「母親が『祖母』になることができた」という事実に、ほっとしたことを覚えています。その世代の女性としてはごく普通に、専業主婦として生きた母。「祖母になる」ということは、人生における一つの到達点であったかと思うのですが、母はなかなか祖母になることができず、専業主婦として欠落感を抱えていたようです。「すいませんねぇ」とは思ったものの、母の欠落感を埋めるために子を産むこともできずにいたところ、兄が「孫の顔を見せる」という偉業を達成。あれほど「お兄ちゃん、でかした」と思ったことはありませんでした。

　気がつけば今、孫は贅沢品になっています。まず人は、結婚できるとは限らないし、結婚しても子供ができるとも限らない。

　子供に恵まれても、確実に孫を抱っこできるかといえば、さにあらず。子は結婚しなかったり、しても戻ってきたり、引きこもりになったり、ニートになったりと、色々な人生を歩むようになってきました。私の周囲を見ても、きょうだい全員が結婚して子を持っている、というケースは非常にレア。

　母の周辺にも、孫ナシ族はかなり存在していましたが、次第に孫アリ族と孫ナシ族の間には、分断が生じてきたのだそう。孫アリ族は孫と遊んだり、親に代わって孫の面倒を見たりと忙しくなってくる上に、

「孫がいる人って、孫の話ばっかりするから、面白くないのよね」

　という事情も、あったようです。そのつもりはなくとも、孫アリ族達の孫アピールは、孫ナシ族の欠落感を刺激してしまったのでしょう。

　その昔、友人達の子供がまだ小さく、子育てにかかりきりの頃は、子アリ族と子ナシ族の分断が見られたものでした。子供達が大きくなってから友人関係が復活してきたのですが、それは束の間の平和な時間であって、もしや今後は、孫アリ族と孫ナシ族の間が再び、疎遠になってくるのか……？

これからどんどん、子アリの友人には孫が生まれてくるものかと思います。保育園のお迎えを手伝わなくてはならないとか、七五三の費用を出してあげなくてはならなくて大変だとか、その手の話を生き生きと語る友を見て、子ナシ族から孫ナシ族となった私は、ジェラスを感じることになるのか。

年をとるにつれ、私は赤ちゃんがやけに可愛らしく思えるようになってきました。心が洗われるような澄んだ瞳を見るとこちらも思わず笑顔になり、赤ちゃんにニッコリされようものなら、不覚にも目頭が熱くなる時も。

昔は、このようなことはありませんでした。私はいわゆる「子供好き」ではなかったので、若かった頃は赤ちゃんにも無関心。自分に若さが有り余っていたので、赤子の若さ、と言うよりは新しさに吸い寄せられることがなかったのでしょう。

しかし自身の生命力が薄れてくると、赤ちゃんが眩しく発光して見えるようになります。赤ちゃんはまさにエネルギーの玉であり、「玉のような赤子」とは言い得て妙。電車の中などに赤ちゃんがいると、自然に視線はロックオンされるのです。

「孫は子供より可愛い」としばしば言われますが、それはだからこそ、なのでしょう。赤子の母親は、子供を産むことができるわけですから、まだ若い（ジャネット・ジャクソン的な例は除く）。もちろん子供は可愛いにしても、目の前の命を育てることに必死にならざるを得ないところがあります。

対して祖母の場合は、自身の生命力が枯れ気味になってきているところに、「育てなくては」という義務感なしに赤子を抱くわけですから、純粋に可愛さのみを感じることができる。生命というものに対する畏敬の念も若い頃よりは深まっていますし、自分から流れ出た命が繫がっていくことに対する喜びもまた、ひとしおであるに違いない。

……などと考えるわけですが、しかしいくら考えてみたとて、子ナシ族に孫は生まれないのです。ジャネット・ジャクソンは八十代くらいになったら初孫を抱くことができるかもしれませんが、かつて卵子提供をしていたせいで、いつの間にかどこかで生まれていた子供が登場（かつてＮＨＫで放送していたアメリカドラマ「アリーｍｙＬｏｖｅ」にそのような場面があった）しない限りは誕生しないのが、子ナシ族にとっての孫というもの。

では子ナシ族としては、孫欲を充足させるためにどうしたらいいのかと考えてみますと、「エア孫」の方面に走ることになるのでしょう。

若い知り合いの女性が赤ちゃんを出産すると、

「孫みたいだわ！」

などと昨今は冗談半分で言っていたのですが、それはもはや冗談にはなりません。その手の赤ちゃんは本当に孫のように可愛い「エア孫」であって、やたらと物などを買ってあげたくなるのです。少子化時代の今、赤ちゃん達は実の親や祖父母からのみならず、血縁の全くない中高年男女からの愛情をも受け止めなくてはならなくなってきました。

年をとって愛玩欲求は増加しているけれど、愛玩対象は減少している、今。そのギャップを埋めるためには、エア孫を愛玩させてもらったり、ペットを飼ったりと、自分なりの工夫が必要となってくることでしょう。いつか、「喋る人形」とかにも手を出すようになってくるのか……。

このように、友達からの「実は孫がいる」という告白は、私の意識をどこかで変えたようです。私は、自分が既に「高齢者の入り口に立っている」ということを、他人の初孫によって、ようやく自覚したのです。

確かに五十代になってからというもの、自分のことを「中年」と言っていいのかという迷いは、生じていました。中年という言葉は、何となく四十代までを指すような気がしていたけれど、「ま、いいか」と中年を自称してもいた。

しかし、孫がいてもおかしくない年頃だという自覚ができてからは、

「私ら中年はさー」

などと言うと若ぶっているようで、

「私ら中高年はさー」

と、言い換えるようになってきたのです。

「中高年」は、綾小路きみまろさんが広めた言葉です。四十代の頃は「中高年」の範疇《はんちゅう》に入れられるのが嫌だったものですが、自分も初孫世代だと思ったら、その中に飛び込む気概

が湧いてきました。寿命がどれほど延伸しようと、五十代はやはり初老に違いないのですから。

自分に孫はいないし、これからできることもないけれど、今後はおばあちゃん的な自覚を持って生きる必要があるのではないか。……と、〝初孫ショック〟以降、私は思っています。「いつまでも若くいるべき」という洗脳を受けて生きてきた我々世代ではありますが、この先、いつか電車の中で初めて席を譲られた時、

「最近、ちょっと太っちゃったから、妊婦だって思われたのかしら？」

ではなく、

「おばあちゃんだって思われたのだな」

という正しい理解をすることができるよう、心の準備をしておきたいものだと思っております。

「エモい」と「無常」

十代の頃、私の言葉遣いは、決して褒められたものではありませんでした。

「これ、クッソまずくない？」

「ちょーまずーい！」

「これが五百円もするって、ざけんなって感じだよね！」

「マジマジ！」

などと友達と言い合っていたわけで、まっとうな大人は我々の会話を聞いて、眉をひそめていたものと思う。

しかしある時、私の母親が何かを食べていて、

「これ、クソまずいわ」

と言うのを聞いて、私はそこはかとなく不快な気分になったのでした。若い自分が「クソ

まずい」と言うのは、よい。しかし母親という中年女性が同じ言葉を口にすると、妙に下品に聞こえるではないか、と。

私がいつも使用している下品な言葉が伝染して、母親は「クソまずい」と言ったのでしょう。が、私は、

「お母さん、『クソまずい』とか言わない方がいいよ。何か、大人が言うとクッソ品がない」

と、母親に忠告せずにはいられなかったのです。

今の私は、既にあの頃の母親よりも年上です。「クソ」という言葉は大人になるにつれ使用しなくなりましたが、しかし若者言葉をつい口にしたくなってしまった母親の気持ちも、わかるようになってきました。自分の中の若さの残滓が、「若者っぽい言葉を使いたい」という気分にさせるのです。

たとえば今、物事の程度の著しさを示すのに、若者達は「めっちゃ○○」との言い方をします。私の若い頃から延々と続いていた「超○○」という言い方のブームは、「めっちゃ」の台頭によって、やっと終了した模様。

「めっちゃ」は、関西方面に起源を持つ言葉のようです。女子の間で流行っている「うち」という一人称と同様に、関西の人が多く出演するバラエティ番組などから、広まっていったと思われる。

流行につられ、私もつい「めっちゃ」を使用してしまうことがあるのですが、

「めっちゃ可愛いー」

などと言いながら、「この年で『めっちゃ』はどうなのか」という問題が、私の頭に去来するのでした。聞いている方が、痛々しい気分になるのではないか、と。

かといって、

「超可愛いー」

などと言うのも古臭く、「めっちゃ」よりも、さらに痛々しく聞こえることでしょう。

五十代ともなると、軽々に流行り言葉を使用するのも、またかつての流行り言葉を延々と使用し続けるのも、危険なプレイ。程度の著しさを表現したいのであれば、「とても」とかせいぜい「すごく」を使用していれば、時流に乗った感じが漂わないのと同様に、痛々しさも漂いません。

きちんとした家庭で育った友人知人を見ていると、やはり決して流行り言葉は使用しないのでした。常にベーシックな言葉遣いをすることによって、真っ当な印象を醸し出しています。

対して、自分の子供や会社の部下など、若者の言葉遣いに影響されやすい、かつての私の母親のような人も、いるものです。その手の人の口から出てくるとちょっと恥ずかしくなる言葉は、今であれば「ヤバい」とか「エモい」といったところでしょうか。

昨今の若者の話を聞いていると、感動しても美味しくても嬉しくてもびっくりしても、と

にかく、

「ヤバくなーい？」

「ヤバいヤバい！」

という感じで、「ヤバい」抜きでは会話が成立しなくなっている模様。

その昔は、「危険」とか「不都合」といった状態、つまりはネガティブな状態を示す言葉であり、さらには反社会的なかほりも漂う言葉であった「ヤバい」。しかしいつの頃からか、「すごい」とか「美味しい」「きれい」といった、称賛に値するポジティブな状態や感情をも示す言葉となっていきました。そのように使用されるようになった歴史は案外と古く、私が初めて「ヤバい」がポジティブ言語として使用されるのを聞いたのは二〇〇〇年代初頭、つまり今から二十年近く前のこと。

何のきっかけで「ヤバい」の意味がポジティブ化したのかはわかりませんが、反社会的かほり漂うワードで物事を愛でるという行為が若者に受けるのは、理解できます。あえて品の無い言葉を使用することによって、彼らは、まだ丸くなっていない自らの若さを体現しているのではないか。「ヤバい」を連発する若者のボキャブラリーの貧困にいくら大人が目くじらを立てようとも、若いからこそ「ヤバい」の乱用は楽しいのでしょう。

しかし自分と同世代が、美味しいものを食べた時などに、

「ヤバーい！」

と言っているのを聞くと、私はどうも恥ずかしいのです。それは、同世代がミニスカートをはいていたり、ロングヘアを巻いていたりするのを見た時と、似たような感覚。

最近は、

「年齢なんて関係ないですよね！」

と言う方が多く、「年相応」といった考え方は古臭いものなのだと言われております。したいことをして、着たいものを着ればいいではないか、と。

しかし私は割とクラシックな人間なので、「年相応」という感覚は、嫌いではありません。だからこそ、五十代のミニスカートや五十代が発する「ヤバい」に対して、「年寄りの冷や水」的な恥ずかしさを感じるのです。

そんな中でも「ヤバい」はまだ意味や使い方がわかるだけマシで、「エモい」となると、もう意味すらよくわかりません。前に、

「で、『エモい』ってどういう意味なわけ？」

と若者に聞いてみたことがあるのですが、いくら説明されても実感として理解することはできなかったのです。

さらに言うなら私はきっと、おたく系の人達の間でだいぶ前から言われていた「萌え」の意味すら、本当には理解していません。「エモい」も「萌え」も、「いいなぁと思う」とか「グッとくる」といった意味なのでしょうが、私は日常生活でそれらの言葉を使いたくなる

ほどには、言葉が示していることの真髄を摑むことはできていないのでした。

私は、「エモい」という言葉にエモさを感じる世代ではないし、また「萌え」が腑に落ちる性質でもない。このように、理解できない人を排除して、理解できる人達の結束を強める機能を持っているのが、流行り言葉というものなのです。

年をとると、このように「わからない言葉」が出てくる一方で、「わかるようになった言葉」もあるということを、私は五十代になってから実感しています。

たとえば、「無常」。もちろん「無常」という言葉の存在は、若い頃から知ってはいました。物事は全て変わっていく、っていうことでしょ？　当たり前じゃんそんなのは。……という感覚だった。

「無常」と「無情」の違いすらも実は判然としていなかった若い自分は、「変わる」ということの意味を、本当には理解していませんでした。たとえば、「おばさん」や「おばあさん」や「死んだ人」が、自分の地続きのところにいる人だという感覚はなく、「あの人達は、自分とは無関係の生き物」と思っていた私。若さもまた消えゆくもの、という実感を得ることが、まだできなかったのです。

しかし時が経って気がつけば、自分もいつの間にか、おばさんになっていました。卒業式や成人式や入社式のような区切りがあるわけでなく、人はいつの間にかおばさんになっています。このまま生きていることができれば、おばあさんになることも確実でしょう。

身体のあちこちで進む、いわゆる老化現象を見れば、「無常」の意味はまさに〝体感〟することができます。築後五十年経てばビルもマンションも建て替えの時期が来るというのに、生まれて五十年経ってもけなげに動き続ける、我が肉体。老化もまた当然の現象です。肉体のみならず、変化はあらゆるところに訪れます。親が他界したり、自分が結婚したり子を得たりといった、家族状況の変化もありましょう。仕事に友人関係に服の趣味に経済状況と、変わらぬものはない。

目に見えないものもまた、変わっていきます。たとえば、若い頃は簡単に持つことができた「私は大丈夫」という根拠なき自信は、年をとるにつれ、揺らいでいきます。大人になればなるほど、「自信には根拠が必要なのだ」とわかってくるのです。

このように、目に見えるものも見えないものもどんどん変わり続ければ、「嗚呼、『常』などというものは『無』いって、こういうことなのか」との実感は強まるばかり。「変わらずにいる」ことが奇跡のようなものだということもわかるのであり、だからこそ中高年の同窓会では皆、

「変わらないねー」

と、符丁のように誉め合うのでしょう。

平家物語の冒頭のイメージなどから、「無常」はどこか格好のいい言葉というイメージがありました。が、実際に無常の現場に立ってみると、それは決して格好いいものではありま

せん。変化に必死に対応し、時には対応しきれずに呆然としつつ流されていく、それが無常。さらに年をとったならば無常の重みが何倍にもなってのしかかるであろうことも、予想がつくのです。

「ありがとう」という言葉に対する理解もまた、私の中では変化してきました。今、日本は空前の感謝ブームです。それも若者達の間で著しいようで、昔は親が死んだ後で墓に向かって「ありがとう」と言うのがせいぜいであった日本人が、今や小学生のうちから、

「産んでくれてありがとう」

とか、

「育ててくれてありがとう」

と、親に対して言うのが当たり前になっています。

そんな若者達を見ていると、親が瀕死の時に、耳元でそっと「ありがとう」と囁《ささや》くことしかできなかった自分としては、「立派である」と思うのです。親御さん達の子育ての苦労も、報われているに違いない、と。

最近はアスリート達のインタビューを聞いていても、とにかく感謝に次ぐ感謝に終始します。勝因を聞いても「自分のせいではない。周囲に感謝」、敗因を聞いても「周囲に感謝して、次につなげたい」なので、試合そのものの感想を聞き出すのが、容易ではありません。

若者のＳＮＳなど見ていると、文末に必ず「全てに感謝！」などと書いている人も、散見

されるのでした。若手俳優のインタビューにおいて、

「世界にありがとうって、一日一回、言ってます」

といった発言を見たこともある。

感謝はもちろん良いことであり、「今時の若者って、若い頃から聖職者のようだ」と思うのです。しかし「全てに感謝」といった言葉を連発するとなると、反対に感謝の濃度が薄れはしまいか、という気はするのでした。

今時の若者と違って、私が感謝の意味を実感するようになったのは、どっぷり大人になってからでした。感謝ブーム到来よりもうんと前に子供時代を過ごしたため、「産んでくれてありがとう」も「育ててくれてありがとう」も、口に出したことはもちろん、思った記憶もない。親が自分を産んだことも育てることも、当たり前だと思っていたのです。

「ありがとう」という言葉はしばしば使用しておりましたが、その意味を考えたことはありませんでした。恩義やら物品やら、何らかを他者から受けとった時に返す言葉として、機械的に言っていただけだったのです。

しかし大人になって古語辞典を引いていると、「ありがたし」は「有り難し」であり、つまりは「有る」ことが「難しい」、滅多にない稀《まれ》なこと……と、記してありました。それを読んで私は「なるほど」と思ったのです。当たり前のように与えられている事物も、実は当たり前ではなく「滅多にない稀なこと」なのだ、と。

そうしてみると、若者ではありませんが、全てのものが「有り難し」。先日、スマホが壊れた時も、その有り難みを実感したものです。スマホによって人と連絡を取ったり情報を得たり画像を撮ったりという行為を当たり前に捉えていたが、いざ壊れてみれば、自分では故障の原因は全くわからない。スマホが無いというだけで、やたらと焦燥感が募ってくる中で、「昔は、このような道具などなかったのだなぁ。ほとんどの人がスマホを持っているって、実は奇跡的な状態であることよ」という思いが湧いてきます。

一たび災害が起これば、このような感覚はさらに強まるのでしょう。水も食べ物の安全も、それまで当たり前に存在していたものは、多くの努力によって与えられていたことがよくわかる。……ということで、まさにそれらに対して心の底から「有り難い」と思うに違いない。

そんなわけで私の場合、若い頃の「ありがとう」と、今の「ありがとう」とでは、そこにこもる意味合いが、だいぶ違っているのでした。身体のどこも痛くも痒くもない日には、

「有り難い……」

と天に手を合わせたくなるし、スマホを直してくれるドコモショップのお姉さん、水道管の詰まりを直してくれる水道屋さんのお兄さん等々に言う「ありがとう」には、若い頃に機械的に言っていた「ありがとう」よりも、ずっと深い感情がこもっているのです。

さらには、おだやかな春の日差しやら新米の美味しさにも「有り難し」という思いが募っ

て、心の中で手を合わせている私。「全てのものに神様が宿るって、こういうことなのね」と、順調に先祖の感覚に還っております。

子供の頃から「全てに感謝」ができるのは素晴らしいことではあります。しかし感謝は実は大人の特権なのかも、と私は思っているのでした。何かを失った時に、「有る」ことの難しさを理解して感謝の濃度がぐっと高まることを考えると、「全てに感謝」をアピールする若者もまた、この先に感謝の意味を再解釈する時が来るのではないか、と。

大人になって「有り難し」の意味を知ることとは、「無常」とも繫がる感覚です。全てのものは、変わりゆく。だから全てのものは、ただ昨日と同じように「有る」ことすら「難し」。……ということで、ご先祖様達は万物に手を合わせていたのでしょうねぇ。

ヤバいもエモいもよくわからないけれど、このように年をとると、今までよく知っていたつもりの言葉の意味が、別方面から迫ってくるのでした。もっと年をとれば、さらにわからない言葉が増えるのと同時に、わかるようになる言葉も増えるのでしょう。一年また一年と、年をとることの「有り難さ」を実感すれば、それぞれの年齢をじっくりと嚙み締めて生きたいものよ、との思いも募ってくるものです。

セクハラ意識低い系世代

「#KuToo」の運動が起きた時、「おお、そうきたか！」と、嬉しさのような驚きのような気持ちになったものでした。私はフリーの身ですので、誰からもヒールのあるパンプスを強制されることはありません。お葬式などの時以外は、滅多にパンプスを履くこともないのですが、たまに履くとあまりにも「苦痛」。

そんな苦痛を、職場で強制されるケースも多いのだそう。世の女性達がパンプスで通勤電車に乗っている姿を見る度に、「よく平気だな」と思っていたのですが、彼女達も本当は、平気ではなかったのですね。

会社の同僚らしき男女が一緒にいるのを見ると、男性の足元は、ビジネスシューズ。女性はストッキングに、パンプス。その、高くて時には細いヒールを見る度に、「男と女が同じ土俵に立っているとは言えないのではないか」と、私は思っておりました。纏足《てんそく》しているかのような不安定な足元で、男性と同じ仕事をこなさなくてはならないのは、ハンデが大きすぎないか、と。

もちろん、

「私は好きでハイヒールを履いているのです」

という人もいます。ファッション誌などを見ると、

「ハイヒールは女の嗜み。毎日履いていれば、ハイヒール筋が鍛えられて平気になりますよ」

といったことを、おしゃれなキャリア女性が語っているのです。が、「#ＫｕＴｏｏ」のような動きが出てくると、「ハイヒール＝女の嗜み」言説も、クラシックに感じられるようになってきました。

叶姉妹は、クリスチャン ルブタンの靴を「二十歩以上歩かない時にしか履かない」靴と表現していますが、ハイヒールというのはまさにさほど歩く必要が無い時に履くべきもの。駅までは自転車を漕ぎ、満員の通勤電車に揺られ、さらには営業で外を歩くような女性が履かずともよいのではないか。あと十年も経てば、ハイヒールは着物のように「特殊な機会にのみ身につけるもの」になるのかもしれません。

そんなわけで、私がストッキングとパンプスを身につける数少ない機会が葬儀なのですが、とある葬儀に参列した時、知人の五十代男性と偶然会って、

「あれ、ス、スカートはいてる……！」

と、やたらと驚かれたことがありました。パンプスのみならずストッキングも嫌いである上に寒がりな私は、普段はパンツをはいていることが多く、確かにその人にスカート姿で会ったことはなかったかも。さらに彼は、

「いやぁ、脚を見たのって初めてだから、なんかドキドキするなぁ。普段からもっとスカートはきなよ」

と、まるで幽霊に脚があったのを見たかのように驚いた顔で言います。

彼の発言を聞いて私は、とある感慨を覚えたことでした。それは懐かしさのような、哀しさのような、愛しさのような。

同様の発言を彼が二十代の女性にしたならば、二十代は露骨に困惑の表情を浮かべたことでしょう。

「こういうセクハラ発言を平気でしちゃうおじさんって、本当に嫌」

と。

対して我々五十代は、彼の無防備な発言を理解することができます。我々が若い頃、会社などではおじさんが平気で女性の容姿を褒めたり貶《けな》したりしていました。逆もまたアリで、男性の容姿も、気軽にいじられていたのです。

しかしこの十年くらいの間で、その辺りの意識は激変しました。容姿やプライバシーなど

の話題を下手に会話に出すことは、ハラスメント。たとえ褒め言葉であっても、それらについて触れること自体がタブーになったのであり、平気で口にしてしまうと「昔の人」感が溢《あふ》れ出ます。

葬儀で会った五十代の男性の中には、平気で見た目について言い合っていた昭和の記憶の残滓があったのです。葬儀という非日常的な場で、思わぬ人がストッキングとパンプスを履いているのを見て、ついポロリと驚きを表明したのではないか。

言われるこちらも五十代ですので、露骨に嫌な顔などはしません。

「私も一応、脚があるんですよー」

などとヘラヘラと受け流して去っていく、と。

我々世代のそうした受け身技は、日本にセクハラを蔓延《まんえん》させた原因の一つとされています。我々が社会人になった頃も「セクハラ」という言葉はありましたが、セクハラ糾弾の動きが盛んだったわけではありません。せいぜい、

「○○ちゃん、最近ちょっと色っぽくなったんじゃないか？　彼氏でもできたの？」

といった発言に対して、

「課長、それセクハラですよーぉ」

などと冗談っぽい口調で言う程度のことしか、我々世代はできなかったのです。当時の課長やら部長は、「それ、セクハラですよ」を、ミニスカポリスが発する「逮捕しちゃうぞ！」

程度の重みにしか感じていなかったものと思われる。

ポリティカル・コレクトネス的感覚がようやく浸透し、職場でその手の発言をするのはマジでいけないらしい、という感覚が強まってきたのは、二〇一〇年頃からか。「性的いやがらせ」という言葉が日本に伝播《でんぱ》してから、その言葉が抑止力を持つようになるまで長い時間がかかったのは、「セクハラ」という言葉が存在していても、受ける側がセクハラに対してきちんと「NO」と言わなかったから、という部分も大きいのです。

若い世代が、セクハラに対して「NO」とはっきり言うようになってきた頃、とある大手企業に勤める同世代の女性は、

「そんなのはいちいち騒ぎ立てなくても、軽く受け流せばいいだけじゃないねえ。それくらいできないと、まだ半人前ね」

と、誇らしげに言っていました。長年会社員をしている間に、どんなセクハラ発言を聞いても、その場の空気を重苦しくさせずに受け流せるようになった彼女は、自らの受け身技に自信を持っているのです。

しかしそれを聞いていた若い女性は、

「ああいうおばさんがいるから、セクハラが減らないんだっつーの」

と、後から苦々しい顔で言っていましたっけ。女性側の受け身がいくら上手になったとて、セクハラ自体は無くならない。その発言はいけない、と相手に伝えないと世は変わらな

いという攻めの姿勢が、今の若者にはあります。

私としては、両者それぞれに「まあまあ」と言いたい気持ちになったことでした。五十代が若い頃には、まだセクハラ男性に「NO」と言える体制は整っておらず、自分なりの方法で自衛するしかなかった。対して今は、企業でもセクハラ対策に取り組んでいますし、セクハラをそのままにしておく方がダサい、という空気も満ちた時代。それぞれの置かれた状況が異なるのです。

セクハラに対する受け身技を誇りとする五十代は、頑張ってハイヒールを履き続けてきた世代でもあるのでした。特に男女雇用機会均等法の施行直後に総合職として世に出た女性達は、「キャリアウーマンってこういうもの」と、足の痛みに耐えつつ職場でハイヒールを履き続けた。今、ジムなどで彼女達の素足を見れば、長年の纏足生活によって外反母趾が進行し、関節には黒々と色素沈着、という痛々しい姿になっているのでした。

今でもハイヒールで働き続ける彼女達は、知らないうちに「働く女はハイヒール」というイメージを定着させていました。職場において、女性は「化粧していないと相手に失礼」とか「ストッキングとパンプスでないと相手に失礼」などと言われたものですが、均等法第一世代である我々が、

「そんなつらい靴で働きたくありません」

とか、

「なんで女は、化粧しないと失礼になるのですか？」

とどこかで発言していれば、世は変わったのかも。しかし我々はその手の発想を持たずに、つらい靴を履き続けてきたのです。

セクハラ意識には、このように世代間の感覚の違いが大きく見られるわけですが、メディアに接している時も、それはしばしば感じるものです。たとえば先日、「探偵！ナイトスクープ」を見ていた時のこと。その時はちょうど、探偵局の局長の役が西田敏行さんから松本人志さんに交代する、という回でした。

この番組は、局長も探偵も全員男、というメンズクラブなのですが、唯一「秘書」という名のアシスタント役として女性が登場します。西田局長の最終回には、かつて長年秘書を務め、参院選出馬のため降板した岡部まりさんが、久しぶりに登場しました。

秘書は視聴者からの依頼文を読み上げるのですが、岡部さんは在任中から、性的な言葉が出てくると言いよどんだり、単語を濁して読んだりしていました。それを男性達が無理矢理読ませて困らせるという、昭和風味の男の職場芸が展開されていたのです。

西田局長の最終回においては、とある依頼文に、男性器の名称が記されていました。岡部さんは最初、その名称は口にせず「○○《まるまる》」と読み上げたのですが、それに対して西田局長は「ちゃんと読んで」的な指示を出しました。岡部さんはそれに応え、嫌々ながら男性器の名称を読み上げることになった。

このシーンを見て私は「時代は変わった……」と思ったことでした。岡部さんが嫌々、性的な言葉を言わされるというのは、かつてのこの番組における、お約束のシーンでした。西田局長の最後に、ベテラン秘書の岡部さんが駆けつけたからこそ、あえて披露された懐かしの芸だったのでしょう。

が、岡部さんが秘書を辞任されてから、はや十年。その十年の間に世のセクハラ概念は激変しました。今、企業において男性上司が部下の女性に、男性器の名称を無理矢理言わせたりしたら、大問題になります。

その昔は私も、岡部さんが性的な言葉を言わされるのを見て、ニヤニヤ笑っていたのだと思います。しかし今の時代に同じやりとりを聞くと、私ですら「え?」と思いましたし、若い視聴者はもっと驚いたのではないか。

このやりとりは、西田・岡部という、七十代・五十代のコンビであるからこそ成立しました。七十代男性が、もしも二十代の女性に対して、男性器の名称を言えと強制したとしたら、ハラスメント以上の衝撃で、周囲を凍りつかせそう。女性側が五十代であったからこそ、「この人なら受け止めてもらえる」という「昔とった杵柄」感を持って、西田局長は男性器の名称を言わせたのではないでしょうか。その時、両者の間には「昔はこういう時代だったよね」という、そこはかとない郷愁が漂って、私もつい、ほろり……。

お正月などに放送されている、「とんねるずのスポーツ王は俺だ!!」を見ている時も、

「え？」と思うシーンがありました。かつては各局で冠番組を持っていたとんねるずですが、今や二人の姿を共に見られるのはこの番組くらい。とんねるずへのロイヤリティーをつい発揮してしまう五十代としては、「元気にされているのだろうか」と、見ずにはいられません。

しかしそこで「え？」と思ったのは、タカさんこと石橋貴明さんが、女性アスリートの体型に言及した時のことでした。運動選手らしいがっちりした身体つきをしていたその女性アスリートに対して、タカさんは何度も、

「ゴッツいねー」

と言っていたのです。

これも、とんねるず人気が全盛の九〇年代であれば、一緒になって自分も笑っていたような会話です。容姿を揶揄したり、若い者に対して強い態度に出たりするというセクハラ芸、パワハラ芸はとんねるずの持ち味の一つ。往時は、とんねるずからいじられる側も、いじられたことを喜んでいるようにも見えたものです。

しかし今になって同じ芸を見ると、かつてと同じように笑うことができません。誰かの容姿を揶揄するというのは、今もあちこちで見られる行為ではあります。お笑い芸人さん達の中には、不細工や肥満、低身長や薄毛といった部分を売りにしている人も多いのですが、その手の人は、揶揄されることのプロであることを自負しているからこそ、おおっぴらな揶揄が許される。

対してアスリートは、芸人ではありません。もちろん彼女はその時、何十歳も年上の人から言われたことですので笑ってはいましたが、それはセクハラ現場で女性がしばしば浮かべがちな、その場をスルーするための笑みだった。

お笑いの世界も進化して、今や単なる揶揄芸やイジメ芸は、うけなくなってもきました。一般人の中でも、揶揄行為は、互いが冗談だと確実に認識しあえるようなごく親密な関係においてするのはアリだけれど、それ以外の場ではちょっと……、という認識も深まってきたのです。

そんな中で、芸人さんではないアスリートの体型をあげつらうとんねるずは、「悪い」と言うよりは「古い」芸風に見えたのでした。世の中の変化の波を素通りし、全盛期と同じあり方を続けるその様子に、同じ五十代としては、痛悲しい気持ちを覚えたのです。

このように、セクハラに対する感度は年代によって大きく異なるのであり、セクハラ概念がゆるい我々世代としては、若者に対する言動には、細心の注意が必要であることが、メディアを見ると理解できるのでした。我々は、自分が時代についていっていると思っているので、「自分がセクハラなどするわけがない」と信じてもいます。しかし「女性の変化にいち早く気づくイケてる上司」のつもりで口にした、

「髪型変えた？　可愛いね」

といった発言は、今や自爆行為。同世代のサラリーマンが、

「会社では、もう仕事の話以外は何もしないようにしている」

と言っていましたが、その気持ちも理解できようというものです。

我々も、ずっと上の世代の男性のおおらかなセクハラ発言に驚くことは、今もあります。しかし、たとえば旅先で道を尋ねたおじいさんに、

「○○温泉に行くのかい？　よぉ～し、いっちょ女風呂を覗きに行くかな、グェッヘッヘ」

と言われたとて、私は今の若者のように露骨に嫌な顔をすることは、できないのでした。おじいさんは、セクハラという言葉が存在しない時代に人生の前半を過ごしたのであり、その感覚を今さら変えることなど不可能。おじいさんのセクハラ発言は、日頃からヨメや孫娘に苦々しく思われているのであろうが、行きずりの旅の五十女である私くらいは、

「あははー、露天風呂は滑るから気をつけてくださいよ」

くらいのことを言ってあげてもいいのではないか、と。

今となっては、その手のおじいさんの発言に、古代の日本人を見るような気分にもなるのでした。日本人がかつて、夜這いに行ったり夜這いを迎えたり、祭りの夜に乱交したり、はたまた野原で下帯を解いたり結んだりしていた、いにしえの大らかな性のかほりが、そこから漂ってくると言いましょうか。

そのようなかほりを、今の若者にも胸いっぱいに吸い込んでほしいわけではありません。繊細な性意識を持つ彼等がそんなかほりを吸い込んだら、胸焼けを起こすことでしょう。

が、私達はそんなかほりに懐かしさを覚える、おそらくは最後の世代。免許の返納だの何だのとせっつかれているであろうおじいさん達に少しだけほっとしていただきたいという、ほとんど親孝行感覚で、ニヤニヤとセクハラ発言をスルーするわけですが、やっぱり日本からセクハラが撲滅できないのは、そんなことをいつまでもしている私達のせい、なんですかね。

自分がえり

ある中高年向け女性誌で、

『わたし』を大事に生きてみる」

という特集が組まれていました。サブタイトルは、「妻・母・娘はひと休み」というもの。

この表紙を見て私は、「わかる!」と思ったことでした。五十代の今、周囲を見ていると、「自分がえり」している人が多いのです。結婚後、気がつけば夫や子供や親といった他者のために生きてきたのが、五十代になると、主に子育ての面で一段落。「自分のために生きたい」という欲求が、猛然と湧いてくるお年頃のようです。

ある友人は、

「おばあちゃんになったら着られないようなものを、今のうちに着ておきたいの!」

と、背中やデコルテの露出が激しいロングドレスを作りまくって、パーティー三昧の日々を送るようになりました。外国のパーティーに着物で出席して、ちやほやされるのもまた、楽しいのだそう。リッチな夫を持っているからできることではありますが、それまではさほど派手なタイプでもなかったので、「実はこういう人だったんだ……」と、周囲は驚いたものでした。

またある人は、ランニングにはまりました。それまでは長距離を走ったことなどなかったのに、「暇だし、走るだけならお金はかからないと思って」と走ってみたら、意外なことに心肺機能がやけに強く、並の素人よりも全然、速かった。

一気に調子づいて毎日走らずにはいられなくなり、フルマラソンにも挑戦。みるみる身体は絞られて、体脂肪率が二桁を切る勢いに。

「単にマラソンが速いおばさんなだけじゃ、もったいない。走って届けるウーバーイーツでも始めてみたら？」

と、やはり周囲を驚嘆させたのです。

それまで子育てに捧げた時間を取り戻すかのように、何かに没頭する五十代は、あちこちで見ることができます。お料理やフラダンスといったお稽古事の教室に通う、というケースが最も多いようですが、勉強欲が再燃して大学院に入ってみたり、愛玩欲が再燃してジャニーズなどのアイドルの追っかけにはまったり、また性欲が再燃してセフレ活動に精を出したりと、様々な欲求に再び火がつけられている模様。

五十代は、自分の欲求に対して、久しぶりに素直になる年頃なのでしょう。特に子育てをしてきた人は、それまでずっと、自分の欲求よりも子供の欲求を充足させることを優先させて生きてきました。ようやく自分にかまけることができるようになったからこそ、尋常でない勢いで何かにはまっていくのではないか。

人間、人生の初期は誰しも、自分のことばかりにかまけて生きるものです。受験も就職も恋愛も結婚も、全て「自分ごと」。人生の根本を形成する時期であるからこそ、若者は必死になって自分のことを考えるのです。

やがて結婚して子をなしたりすると、その感覚には変化が生じます。子供を産んだ人はしばしば、

「初めて、自分よりも大切だと思える存在に出会いました！」

と語るのであり、「自分より他人」という新鮮な視点に目覚めることになる。

「自分より子供」という感覚で生きて二十年も経つと、状況には変化が生じます。子供はやがて大人となり、親から離れていくように。

私の友人達も、

「娘はボーイフレンドのところに行きっぱなしで、家になんか全然いない」

とか、

「息子は就職して大阪勤務になったから、ちっとも戻ってこない」

などと、口々に言うようになりました。子供達は、親の力を借りて自分に夢中になる時期を終えて、自分の力で自分に夢中になるまでに成長したのです。

子育て期には、子供に時間を奪われることをさんざ嘆いていた、友人達。たまに夜遊びができるという時は、髪を巻いて派手な服を着て、積極的に異性（もちろん、夫ではない）にしなだれかかったりしていたものでしたっけ。もはや二次会に行くことすら面倒臭い私が早めに帰った後も遊び続け、

「朝までカラオケしちゃった」

などと言っていたのです。

そんな友人の子供達が、やっと育ち上がって家を出たと聞いたので、さぞや解放感を味わっているだろうと、

「これでやっと好きなことができるわね。よかったね！」

と言ってみると、彼女は暗い顔をしているではありませんか。

「それがさぁ、寂しくて何にもする気にならないのよ。ダンナは単身赴任だから、家には私一人きりだし……」

と。

子育て中は、ごくたまに夜の街に出たからこそ、「この機会を思い切り味わわなくては」と、朝まで遊び続けることができた。しかし一人になって、毎日でも夜の街に繰り出せるよ

うになると、

「なんか、たいして行く気にならないのよね……」

とのこと。

それを聞いて私は、芥川龍之介「芋粥」を思い出したことでした。たまに、ちょっぴりしか味わうことができないものは、甘露の味。しかし同じものでも「いくらでもどうぞ」となると、「もういいや」となってしまうのですねぇ……。

自分がいなくては生きていくことができない子供という生き物がずっと傍らにいたのが、急にいなくなってしまうというのは、母親にとっては人生初の体験です。特に専業主婦にとって子育てからの卒業は、自分の存在価値の喪失にもつながりましょう。子離れの寂しさとは、一体だと信じていたものが無くなってしまうという、幻肢痛のようなものなのかもしれません。

そうしてみると、五十代がはまるパーティーやマラソン、お稽古事や勉強やセックスというのは、子育ての代替行為なのかもしれません。「誰かのために生きる」という、尋常でなく充実感を得られる生き方が一段落ついた後は、何かに没頭せずにはいられないのではないか。

では子供のいない人はどうなるのだ、という話もありましょう。子ナシ族は、基本的に自分のために生きているのだろうから、五十代になっても感覚が激変することはないのではないの、と。

私という事例を考えてみますと、三十代の頃にムラムラと、「誰かのためになりたい」という欲求が湧いてきたことを覚えています。私は、自分の子供が欲しいという気持ちはさほど強くなく、誰かのために尽くさずにはいられないという性格でもありません。自分にかまけているのが大好きではあるのですが、それでも自分のためだけに三十数年も生きていたら、いい加減に飽きてきて、「これでいいのか」という罪悪感が湧いてきたのです。

特に私は、仕事の面でもフリーランスですから、若手を指導したり育てたりする任からも、解放されていました。公私ともに誰の役にも立っていない人生に、さすがの私も「いかがなものか」と思ったのです。

とはいえ当時の私には、身近に尽くす対象がいませんでした。独身で子ナシ、親は健在。頭の中でエア子育てをしてみても、電車の中でお年寄りに席をゆずってみても、「他者のためになりたい」欲求は、さほど満たされませんでした。

愛情深い同類達の中には、

「養子をもらおうかしら……」

などと真剣に考える人もいたものです。しかしそこまで愛情深くはない私がとった手段は、「お金でどうにかする」というもの。途上国の恵まれない子供を経済的に支援するプログラムに、参加したのです。さほどの金額ではなかったものの、「誰のためにも生きていいない自分」という罪悪感を、多少は慰める手段にはなりました。

子ナシ族の友人達も皆、「誰のためにもなっていない自分」に覚える罪悪感をどうにかしたい、と思っていたようで、その手の支援プログラムに参加する人は多かったものです。中には、ちょっとした経済的支援では満足できず、JICAでアフリカに派遣されていった人も。

はたまた、遠い外国の見知らぬ子供を支援しているうちに、どうしても自分の子供のために生きたくなって、頑張って不妊治療を続け、高齢出産をした人もいました。また、高齢になった親の介護をすることで「他者のためになりたい欲求」が十分すぎるほどに満たされた、というケースも多い。子ナシ族達も、色々な方向で他人のためになろうとしたのです。

二〇一一年に発生した東日本大震災の時には、

「今こそ、誰かのために動かなくては！」

と、ボランティア活動に邁進した人もいました。その頃、我々は四十代。気力・体力・そして財力のバランスが最も取れていた時代であったため、休日をフルに使ってボランティアに通う人も。子供はいないが経済力はある、という状況は、ボランティアをするにはぴったりだったのです。

震災後、ボランティアとしてずっと被災地に通っていたある知人は、

「ボランティアに行くと、みんな感謝してくれて、嬉しくてたまらないのよ。実は仕事に支

障が出つつあるんだけど、ボランティア生活が充実しすぎて、やめられない……。誰か私を止めて！」

と言っていましたっけ。ボランティアによって感じる「誰かのためになる」という充実感は、仕事では得られないものだったのです。

とはいえ、ボランティアの現場は過酷です。心身ともに疲弊しながら、それでもボランティアをせずにはいられず、

「こういう言い方もどうかと思うけど、一種の中毒だと思う」

と言っていたものでした。

四十代は仕事の面においても、「他者のためになりたい」という欲求が沸き立つ年頃です。大きな企業で働くキャリアウーマンの友人は、

「子供のいない私は、会社で後進の女子達のために道を拓いてあげることが、世の中にできるせめてもの恩返しだと思うのよね。私はそんなに出世できなくとも、後輩の女子達が地位を得られるようにはしておきたい」

と、頑張って働いていたものです。

子ナシ族にとって、このように四十代は「他者のためになりたい」という欲求がピークに達していた頃。そういえば私も四十代の時は、支援をしている子供に会うべく、ラオスに行ったりしたものでした。

それは、水道もガスも無い小さな村での、ホームステイ。日の出とともに響く放し飼いのニワトリの鳴き声によって寝袋の中で目覚め、子豚や子犬と一緒に焚火にあたり……といった生活に心が洗われ、「本当の幸せって？『支援』って？」などと考えたものでした。

その村には、四十代で独身子ナシの女など一人もおらず、女達は皆、結婚して子供を持っていました。そんな姿を見ると、わざわざ飛行機を乗り継いで異国の小さな村にまで行かないと「他者のため」になれない自分を、見つめ直さざるを得なかったものです。自分は道楽で「他者のため」プレイをしているだけなのではあるまいか、と。

そうこうしているうちに、五十代。気がつけば、自分の中の「他者のためになりたい欲求」は、昔よりも落ち着いてきたように思います。それは図らずも、子アリ族の子離れ期と同じ年頃。子供のいない者であっても、更年期に入れば、生物としての脳内エア子育てが一段落つくものなのか。

とはいえリアル子育てをした子アリ族とは違い、「もう十分、誰かのためになった。あとは自分の好きにさせてもらうわ」と思っているわけではありません。「他者のためになりたい欲求」が落ち着いてきたのは、「そろそろ自分のことをちゃんと考えないと、他人様にご迷惑をかけてしまうのでは」という気がしてきたからなのです。

人間、誰の世話にもならず、自立して生きていくことができる時期は、案外短いのでした。子供時代から青年期にかけては、親がかり。それからしばらくは自立期となりますが、老年期になるとまた、誰かのお世話にならざるを得ません。

五十代が初老であるならば、それは誰かのお世話になる時期の入り口、ということです。確かに、どうということのない段差につまずいたり、何か食べている時に誤嚥して咳き込んだりといったことが、五十代になって目立ってきました。足腰を鍛えるためにジムに通ってみたり、喉を鍛えるためにカラオケアプリを導入して、誰もいないところで一日に一曲は絶唱してみたりと、私はその対応にやっきになっています。

そうなるともはや、道楽で他者のためになったつもりになったり、そんな自分にうっとりしたりしている場合ではない。子ナシで孫ナシの立場としては、自己満足のために「誰かのお役に立つプレイ」をするよりも、つまずいて転ばないようにしっかり歩くことができる身体をキープすることの方が、世のためになるのです。

そんなわけで五十代は、子アリでも子ナシでも、しばし「自分」に戻って、英気を養うお年頃。昔であれば、ほどなく死を迎えられたのでしょうが、今はさらに何十年も生きていかなくてはならないからこそ、ここでいったん「自分」に戻る必要があるのではないか。

もちろん私達は、今の高齢化社会において、高齢者をケアする側の立場です。が、五十代は面倒をみる側から、みられる側になる転換点でもある。そのエアポケットのような時間を利用して、五十代達はしばし、自分にかまける小休止を得るのでしょう。

子供達は巣立ち、夫は単身赴任という前出の友人は、

「今思えば、子育てに奮闘している時が、私の人生の華だったわぁ。誰かの役に立つことができるって、実はすっごく贅沢なことだったのよね。私、実家暮らしのままで結婚したから、今は人生で初めての一人暮らしなんだけど、一人でいると自分のことなんて、どうでもよくなっちゃうもの」

と、語っていました。凝った料理を作る気もせず、適当に作った料理も、

「キッチンで、立ったまま鍋から食べてたりして、立ち食いそばより悲惨よ」

と語る彼女の目は、悲しげでした。

「誰かの役に立っている」と確信することができた贅沢な時間から離れた彼女が、自分のために再び時間を使うようになるには、今少しの時間が必要のようです。しかし今はまだお元気な彼女の親御さんに介護が必要となった時には、自分のためにだけ過ごすことができた時間を、懐かしく思い出すはず。我々は誰かの役に立っていようといまいと、常に無いものを求めながら、生きていくのですねぇ。

三つの「キン」

「五十代からの女に必要なものは、三つの『キン』なのよ」

と、先輩女性に言われたことがあります。それはすなわち、

「お金、筋肉、近所の友達」

だとのことで、私もおおいに納得したことでした。

「『近親』、つまり家族は入ってこないんですね」

と問えば、

「夫はどうせ先に死ぬし、子供なんてどうなるかわからない。ひきこもりになったりしたら、こちらが八十代になってもまだ頼りにされなくちゃならないんだから、あてにしないほうがいい」

とのこと。家族を頼りにするのはかなりリスクが高いので、それよりも自分でお金を貯

め、いつまでも自分で電球を替えられるくらいの筋肉量を保ち、そして遠くの親戚よりもずっと頼もしい近くの友達との仲を大切にした方が、クォリティー・オブ・中高年ライフを保つことができるというのです。

考えてみますと、確かに私は無意識のうちに、五十代になってから、それら三キンを大切にするようになっていました。たとえば、筋肉。

四十代の頃までは、老化といってもまだシワだのシミだのといった表面的な部分ばかり気にしていたのですが、五十代にもなると、意識が変わってきました。表面的な部分の老化が改善されるわけではないものの、「そんなものは大した問題ではない」と、気づいてくるのです。

シワだのシミだのは、もはや存在して当たり前だし、痛くも痒くもない。それよりも大切なのは、骨肉であり血であり内臓だ、ということがひしひしと理解できるようになるこのお年頃。目に見えない部分の衰えの進行スピードをできる限り抑えたいと我々は必死になるのであり、「骨盤底筋」などという言葉は、今や五十代女性の誰もが知っているのではないか。

私も、せっせと運動をしています。若い頃は、ダイエットできればいいな、くらいの気持ちでジム通いをしていましたが、五十代は遠くないうちにやってくる老後のための貯金ならぬ貯筋活動なので、皆がマジ。何かに取り憑かれたかのように運動に精を出す人もいるものです。

着々と筋肉を蓄えていく、おばさん達。筋肉の外側を覆う脂肪部分は重力のいいなりになって順調にたるみつつあるものの、

「でも、筋肉は裏切らないよね」

と、満足そうです。

「近くの友達」の重要性も、ひしひしと感じます。ここで重要なのは、単なる友達ではなく「近くの」友達、というところです。

若い頃は、友達と会うべく毎日のように都心まで食事に出かけるのも、全く苦ではありませんでした。しかし年をとるにつれて、都心へ出かけるのがどんどん面倒になってきます。シニアになったならば、どんなに仲良しの友達と会うためであれ、西麻布とかに行くのはつらかろう。

愛の力は距離を超えると言いますが、年齢の力は距離の力に勝つことができません。だからこそ「近くの友達」は重要なのであり、シニア女性がしばしば、仲良しの友人同士で同じマンション内で別々の部屋に住むのはそのせいでしょう。

気がつくと、中年期になって以降、学生時代からの友人達が、帰巣本能のせいなのか、じわじわとそれぞれの実家近辺に集合してきているのでした。子育てや仕事に夢中になっていた間は疎遠だったのが、また近くに住むようになったことによって、愚痴り合ったり、親の葬儀の手伝いをし合ったりしている。「近所の友達」の重要性を皆、どこかで察知したので

しょう。

特に女性の場合は、誰もが最後はおひとりさまになる確率が高いことを指摘したのは上野千鶴子さんでしたが、友人同士が近くにいることによって、一人になった時に助け合うことも可能。

シニア世代を見ると、女性が忙しそうに友人付き合いをしているのに対して、男性は暇を持て余しているケースが多いのは、「近所の」友達が少ないせいもあるのでしょう。女性は、子育てを通じて友情を築いたママ友が地元にいるケースが多いけれど、男性は仕事社会に知り合いはいても、地域社会の友達は少ない。そのせいで、仕事社会との縁が薄くなった時に、ぼーっとしてしまうのです。

しかし仕事に夢中になっている女性も多い昨今、全ての女性が地元で地縁を築いているわけではありません。かつての定年後のおじさん達のように、退職後の女性がぼーっとしてしまうケースが増加することが予想されるのであり、その辺りも「働くおばさん」達は気をつけなくてはならない。

我々がおばあさんになる頃には、世の中に大量のおばあさんが溢《あふ》れる、おばあさん過当競争の時代になります。そうなった時に予想されるのは、おばあさん内カーストの出現でしょう。

我々の学生時代、スクールカーストという言葉はまだ誕生していませんでしたが、その手の意識は確実にありました。私なども、縦軸と横軸を配した表に、クラスメイトをマッピングしていたもの。

おばあさん内カーストにおおいに関わってくるのは、美醜などではなく、コミュニケーション能力の多寡《たか》です。年をとって仕事や所属といったアクセサリーが廃されれば、個人のコミュ力が再び試される時がやってくるのであって、「愛されおばあさん」を皆が目指すようになるのです。

努力すれば身につけることができる筋力とは違い、コミュニケーション能力というのは、努力だけでは如何《いかん》ともしがたいものがあります。明るいわけでもなければ性格が良いわけでもない私なども、その辺りは甚《はなは》だ自信がありませんので、今からおばあさん内カーストの底辺を生きる覚悟をしておかなくてはなりますまい。しかしそのような私であっても、「近くにいる」というだけで付き合ってくれる友人はありがたく、大切にせねばと思うのでした。

そんな中でもう一つの「キン」であるお金は、人を人格によって差別することがありません。明るい人にとっても暗い人にとっても、また心の清い人にとっても濁った人にとっても、一万円は平等に、一万円の価値を持つのです。

お金は筋肉と同様に、努力をすればそれなりに身につくものでもあります。少しの努力で大量のお金を儲ける人もいるものの、それはレアケース。濡れ手で粟を目指さなければ、コツコツと働くことによって、コツコツとお金を得ることはできるのです。

そんな中で五十代がモヤモヤとしているのは、老後資金のことでしょう。今や、「老後」と聞けば「不安」という単語しか思い浮かばない時代。不安の内訳を探ってみると、そこには延びすぎた寿命の問題が横たわっています。百歳まで生きる可能性も大、という世において、どれほどお金を貯めておけばいいものやら、誰も見当がつきません。

家族の手によって人が看取られるのが当たり前だった時代は、今のように寿命が長くはありませんでした。とはいえ家族、それも特に嫁にかかる負担は相当であり、嫁という立場の人を「文句を言わず、お金も要求せずにひたすら働く」という役割にはめ込んでおいたからこそ、成立していたのです。

しかし嫁のただ働きだけに頼るには、日本人の寿命は長くなりすぎました。介護保険とお金とがそれに代わるようになったわけで、家族を頼りにするよりは、お金を頼りにした方が安心。そして高齢者が貯めているお金をオレオレ（もしくは「振り込め」「母さん助けて」「特殊」とその名称は迷走しているが、私はやっぱり「オレオレ」がしっくりくる）詐欺が狙っている、と。

私達の世代も、いつまで続くかわからぬ人生を前に、とにかく「お金を貯めなくては」と思っているのでした。そんな中でしばしば出てくるのは、新たな仕事の話題。

この先、定年がさらに延長されたりすることもあろう。また早期退職の勧告なども、あるかもしれない。いずれにせよアラウンド六十歳頃には、仕事に何らかの変化があろうという中で、「その次は、どうする」という話になりがちなのでした。

語られがちな夢は、

「なんかお店がしたいのよね」

というものです。隠れた人気番組「人生の楽園」など見ていると、田舎暮らしを楽しみつつ、母屋の隣に建てたカフェで手作りタルトを供する、といったシニアライフへの妄想が広がるのであり、私も「蕎麦と甘味の店をするって、どうかしらね」などと思ったことがありましたっけ。

しかしその手の夢を実現させる人は、多くありません。我々は、相手が素人だからこそ料理好きの主婦の料理を大げさに褒めるのであって、それに価格がついたならば、同じ称賛を寄せるかどうか、わからない。五十代のお店妄想は、子供にとってのままごとのようなものであり、そのほとんどは脳内でしぼんでいくのでした。

となった時に、「現実的に可能な第二の仕事」を冷静に考えてたどり着くのは、

「お掃除か、ファストフード」

という結論なのです。

我が身について考えてみますと、会社員をしたことはあるもののたった三年であり、その間に何のスキルも身につけていません。組織の中で働くのが難しくて会社を早々にやめたの

で、リーダーシップや協調性もゼロ。

私が会社員だったのは、まだパソコンで仕事をする時代ではなかったため、エクセルもパワポも使用不可。パソコンスキルが無いので事務系の仕事はまず無理、ということになります。

となると現実的だと思われる仕事は、限定的です。マクドナルドなどのアルバイトも、中高年が多いことが知られており、中には九十代のアルバイトもいるのだとか。ハンバーガーを包んだりすることは、自分にもできるかもしれず、もしできなくても、お掃除なら……という希望が。

ここで浮かび上がるのは、お掃除もまた、元気でなくてはできないということなのでした。知り合いの七十代後半の女性は長きにわたって清掃の仕事を続けているのですが、やたらと元気です。元気だからお掃除ができているのか、長年お掃除をしているから元気なのか。両方なのかもしれませんが、彼女から私は常々、

「老後は掃除婦が最高よ！」

と言われているので、かなりその気になっている。

しかし彼女を見ていると、お掃除の世界においても、コミュニケーション能力の有無によって待遇は違ってくる模様です。明るい性格の彼女は、勤務先のビルにおいても、

「おはようございまーす！」

と元気な挨拶を欠かさない。すると、寡黙に掃除だけをしている人よりも重用され、時には雇用者からの特別ボーナスまで出るというではありませんか。つまり、ひいきされるのです。

コミュ力不足の私としては、掃除の仕事は人と話さなくてよさそうなところにも惹かれるのですが、やはりそこでもコミュ力が関わってくるのか……。

かように悶々としながら、「次にできる仕事」を探している、五十代。しかし、

「私なんか本当に、何もできる事ないのよ。体力も無いから、多分掃除も無理」

と呟く人が、実は誰にも言わずにFXの勉強をして、着実に儲けていたり。

「もうボケちゃってスーパーのパートには雇ってもらえないわ～」

と言う人が、実は夫の実家が資産家で、派手に散財はしないけれど全く焦る必要がなかったり。

シワやらシミやらについてはあけすけに口にする人も、ことお金に関しては、本当のことは言わないものなのでした。無いフリをする人もいればあるフリをする人もいるのであり、手の内が明かされることは無いのです。

お金のみならず、三つの「キン」はそれぞれ、どれほど貯めても他人からは見えないものなのでした。筋肉をせっせとつけても、服を着てしまえばそれとは見えない。SNSでアピールをしなければ、近所の友達にどれほど恵まれているかも、わからない。目に見えない部

分を自分でどうにかすることによって、五十代はこれからの不安に打ち勝とうとしているのです。

「ポツンと一軒家」を見ていると、山奥の一軒家に、一人で住んでいるおばあさんが登場することがあります。夫には先立たれ、子供達は都会住まい。しかし長年暮らした山の中の家を離れ難くて一人で住んでいる、というような。

そんなおばあさんは、三つの「キン」のどれも持っていないように見えるのです。が、妙に幸せそうでもある。お金はなくとも畑仕事をして、ほぼ自給自足。ジムで筋肉を鍛えるわけもなく、腰は曲がっているけれど、どれだけ腰が曲がっていても、人に見られることはないので「かわいそう」と憐れまれることもない。そして人里離れた山奥なので近所の友達もいないけれど、

「他人のことは気にしないでいられるから、気楽だョ〜」

などとおっしゃる。

そんなおばあさんを見ていると、三つの「キン」を求めて今からゼイゼイしている身としては、羨ましくなってくるのでした。一人であれば、コミュニケーション能力があろうとなかろうと関係ないわけで、孤高のおばあさんとなるのも、また幸せなのではないか、と。

三キン持ちを目指すか、孤高のおばあさんになるか。今後の行先はまだ不透明ですが、ま

ずは自分の裁量でできる筋肉だけは、地道につけておきたいものだと思います。

コロナと五十代

新型コロナウイルス騒動の中、最初の頃は、

「気をつけなくてはならないのは、高齢者と、持病がある人だけ」

「若者は感染しないことが多いし、しても軽症」

といったことも言われておりました。

その時にふと、「じゃあ私は大丈夫かな」と思いかけてしまった自分に、恐怖を覚えた私。次の瞬間には、自分の年齢が「若者」と「高齢者」のどちら寄りかと言ったら、明らかに後者であることに気づき、勝ってもいないのに兜《かぶと》の緒を締め直した次第です。

見えない恐怖が迫り来る中で私が最初に思ったのは、「これを親が知らなくてよかった」ということでした。親が存命であったら、どんなに心が乱れたことか。既に親が他界している友人知人も、口を揃えて、

「親がいなくてよかった」

と言っています。

対して、親御さんがお元気な友人知人達は、心配が尽きません。トイレットペーパーを親の分も探し回って買い与え、マスクをいやがる父親（なぜかおじいさんって、マスクをつけない人が多いですよね）に無理矢理装着させ、家にいるようにと懇願。感染していても無症状の人もいると聞き、親には会わないようにしている人もいます。介護中の人は、デイケア施設が休業したり、ヘルパーさんが来られなくなったりと介護負担が急激に増えている。

同時に、五十代は子供のことも心配をしなくてはなりません。五十代は、若者世代の親です。そして若者といえば、緊急事態宣言が出されてもフラフラ遊びに出たり、つい帰省してコロナを東京から故郷に持ち帰ってしまったりという行動が問題視されたのであり、既に二十代にもなっている子供を、

「アンタちゃんと家にいなさいよっ」

と叱責しなくてはなりませんでした。

親の心配と、子の心配。五十代は平時より家庭における中間管理職的な立場にありますが、その責任と負担は、コロナ時代となって普段の時以上にずっしりと重くなったのです。のみならず、在宅勤務が推奨されることによって、夫がずっと家にいるようになったケースも多く、これが女性達には大きな負担となりました。妻が計画を立てて買っておいた食材

を勝手に、それも大量に食べてしまう。家事は手伝わない。そして単に存在するだけで、カサ高くて鬱陶《うっとう》しい……。家族のメンバーが毎日在宅するようになって、DVが激増したそうですが、

「私も夫を殺したくなってくる……」

と言う妻の、何と多いことか。

夫婦共に会社員という家庭では、一家に二人のリモートワーカーが存在することになり、集中できないことこの上ありません。相手の様子からは、普段の仕事ぶりもそこはかとなく理解できて、

「夫がいかに閑職についているか、よくわかった」

と言う妻もいましたっけ。

増加したネット会議も、当初は様々な混乱をもたらしました。

「自宅だと思ってついうっかり眉毛を描いていない状態で会議に参加して、会社の皆をびっくりさせてしまったのよ！　家にいるのに眉毛を描かなくてはならないなんて……」

とか、

「外出自粛でずっと美容院に行けていないので、白髪も髪型もひどい状態。ネット会議用にかつらを買いたい」

といった悲喜劇がそこここに。

在宅でネット会議をするにあたっては、ネット環境を整えなくてはなりません。パソコンの知識が僅少であるということをそれまで必死に隠して仕事をしていた五十代も、ついにその事実が白日のもとに晒《さら》されることに。若手社員からは迷惑そうな顔をされ、

「もうアナログ社員は不要だ、っていうことが身に沁みてわかった」

と、落ち込む人もいました。

在宅勤務という勤務形態も、アナログ世代のベテラン会社員にとって、慣れるまでが大変だったようです。

「家の椅子は、仕事には向いてないのよ。腰痛になってしまった！」

「仕事は家でもできるかもしれないけど、同僚と雑談したり、誰かとランチを食べに行ったりできないのが辛い」

「宅配便が来たりすると集中できないし、そのついでについテレビ見たりおやつ食べたりしちゃって、コロナ太りに」

ということで、ここにきて、

「酒井さん、よくずっと家で仕事をしていられるわね」

と言われることが増えてきました。

確かに私は、生涯一在宅勤務者（ノムさん風に）ですので、コロナ後も、勤務形態はさほど変わっていません。会食やら出張やらイベントやらは中止になりましたが、基本は普段と

同じ。仕事中に雑談しないのも、仕事中に宅配便を受け取ったりセールスを断ったりするのにも慣れているのであり、

「みんなもそのうち慣れる」

と言っているのです。

そんな中、私がこのコロナ禍で思ったことの一つは、誤解を恐れずに言うならば、「何か、普段より楽だ」ということなのでした。コロナに対する恐怖心はもちろんあるのですが、それを除くと、心が意外に平安であることに気づいたのです。

それは何故なのかと考えてみますと、本来内向的な私にとって、「外に出なくていい」という事態はとくだんの悲劇ではないから、と思われる。

基本的に、黙っていることが得意な私。しかし、同時に運動好きだったり夜遊び好きだったり旅好きだったりするので、今まで「活動的」「好奇心旺盛」などと思われることがありました。

しかしそれは、高校生の時「私の地味で怠惰な性格を放置しておくと、人生であまり面白いことが起こりそうにないなぁ。でも、自分から積極的に動くタイプでは絶対にないから、とりあえずは何かに誘われたら『断らない』ってことにしよう」と方針を決めてみたら、たまたま近くにいたのが学校を代表する外向的な人ばかりであったため、夜の六本木やら真夏のハワイやら男子校との飲み会やらに連れ出され、それは楽しくなくもなかったので誘いに

乗り続けてきたらこうなった、という流れ。

我々の青春時代は、「根暗は罪」とされていました。今の人に「根暗」と言ってもわからないでしょうが、つまりは性格の根本部分が暗いということ。私は明らかに根暗でしたが、世の中全体が発情し、楽しくてなんぼ、明るくてなんぼという八〇年代に、堂々と根暗を表明する勇気はありませんでした。

今であれば、非リア充の腐女子であることも、「一つの分野に詳しい」「妄想力が尋常でない」というセールスポイントになりましょう。が、当時は女が根暗であっても何ら得はありませんでしたし、昔も今も私はただ明るくないだけで、腐女子ではないのです。

かくして若い頃の私は、友人知人の誘いに調子よく乗っているうちに、ガングロ茶髪（でもメガネ）という風体になり、暗いけどリア充という青春を過ごしました。さすがにガングロは二十五歳で引退しましたが、その後も自分の本当の性格を隠しつつ生きているうちに、あっという間に三十年が経ったのです。大人になれば、「人と接するのが苦手」とばかりも言っていられない事態も増え、いよいよ「普通に人と話もできます」というフリを続けざるを得なくなってきました。

そんな中で勃発した、新型ウィルスの流行という事態。外に出る用事が次々と中止になり、「家の中にいてください」となった時に、はたと理解したのは、

「私、今までずっと、無理していたのだなぁ」

ということでした。

明日は会食、明後日は出張、という日々にも充実感は覚えていました。が、それらが全て中止となっても特に辛くはなく、むしろほっとしていた私。友人の中には、

「おしゃれして、素敵なレストランに行きたくてしょうがない！」

とか、

「皆で集まっておしゃべりがしたい！」

と身悶える人も多いのですが、自分はその手のことをしなくても平気。正々堂々と家にいてよいという状態に、安寧を感じていました。

前述のように、根暗が罪悪視された発情の時代に青春を過ごした私。友達いっぱい、スケジュールもいっぱい、ということがまさに「充実」とされていました。

バブルが弾けると、今度は国際化とＩＴ化の時代がやってきます。すると実社会であれネット社会であれ、好奇心を持ってどんどん外に出て行って他者と繋がるべき、ということに。

それは同時に高齢化の時代でもあり、好奇心を持って他者と繋がるための努力は死ぬまで続けなくてはならないという風潮も、強まってきます。インスタで日々発信するようなおばあちゃんが素敵とされるようになり、そんな中で「一生、暗くないフリをし続けなくてはならないのか」とため息をつくことも。

ところがコロナ期間中は、国からのお墨付きで、引きこもっていることができるのです。「外へ出なくては」「社交的にならなくては」というプレッシャーから、自由になることができました。

スポーツや夜遊びや旅といった、外向きに見える行為が好きな私ですが、それらはコミュニケーションの為にしていたわけではないことにも、気がつきました。私はそれらの行為そのものが純粋に好きなのであって、行為に没頭することができれば、一人でも全く構わなかったのです。

そんなわけで、コロナによる引きこもり要請は、天からの「ちょっと休んでなさい」との指令だと受けとめることにした私。せっせと社交をしなくとも、笑いたくない時に笑わなくてもよいという事態を積極的に楽しみ、再び社交が世に戻ってきた時、またちょっと無理することができるように、力を蓄える時期だと捉えています。

コロナ禍においてもう一つ、我々が考えるようになったこと。それは、死の問題でしょう。志村けんさんが感染したというニュースからほどなくしてその訃報に接し、私は心臓のあたりにひんやりとしたものが押し当てられたような気持ちになりました。子供時代、ドリフの「8時だョ!全員集合」は、我々世代の視聴率がほぼ百パーセントと思われた番組。毎晩八時に寝ることを義務づけられていた私も、この番組が放送される土曜日だけは、九時まで起きていることが許可されたのです。

志村けんさんといえば、荒井注さんの代わりにドリフに入ってきた「新人」というイメージが、未だに私の中にはあります。永遠の最若手であるはずの人が、こんなにもあっけなく逝ってしまうことが、「全員集合」世代の私にはショックだった。

志村けんさんの死は、自分の死を考えるきっかけともなりました。自分もいつ、ウイルスに感染するかわからない。そして感染したならば、死に至る可能性もある。どうやらこのウイルスは、悪化するスピードがとても速いそうだから、入院しても自宅に戻ることができずそのまま……、ということもあるかもしれない、などと。

五十代は、死について真剣に考え始める年頃ではあります。そんな時にコロナ禍に見舞われたことによって、私達はさらに自らの死を近くにあるものとして凝視することを、余儀無くされたのではないか。

「メメント・モリ」、すなわちラテン語で「死を思え」という言葉がありますが、この言葉が生まれたのは、十四世紀にヨーロッパでペストが流行した時でした。次々と人が亡くなり、遺体を道端に放置せざるを得ないような状況を目の当たりにして、人々は自らの死を思うこととなったのです。

そして今、地震や台風のことは警戒していても、「伝染病（今は感染症と言うそうですが）だなんて、今の時代にあり得ない」と思っていた我々のところに、伝染病がやってきました。子供時代のお笑いのヒーローがその病に連れ去られたことによって、「人は死ぬ。自分もまた」という事実が、迫ってきます。

コロナによる引きこもり期間中、普段は手を出さない場所の掃除に精を出して不安を忘れようとする人も多いことでしょう。たとえばフローリングの板と板の間に挟まった一粒の胡麻を楊枝でほじくり出しながら、「自分が今、死んだならば」と、あなたは考えなかったか。自分は今まで、何をして生きてきたのか。何のために生きてきたのか。死して後、何かのこるものはあるのか。嗚呼、私は今までよくない人間であった。……と、答えは出ないけれど、コロナは我々に、考えるための時間は、与えたようです。

阪神・淡路大震災や東日本大震災もそうでしたが、非常事態は直接の被害を受けていない人をもいったん立ち止まらせ、自らを見つめ直す機会をもたらすのでした。私はこれでいいのか。結婚したい。離婚したい。転職しようか、等々。東日本大震災から九年が経った今、天は今一度、人に「自分を冷静に見て、考えよ」と言っているかのよう。

現時点で、新型コロナウイルスの問題は、終わりが見えていません。テレビをつければニュースもコロナ一色で、見ているだけで陰鬱な気分に。ニュース番組の中で唯一コロナとは無関係のお天気コーナーでも、「せめてこんな時は、お天気コーナーくらい元気にしなくては」という意気込みが伝わってきて、痛々しい気持ちになってきます。

そんな時、私がテレビを見ていて最もほっこりできたのは、お笑い番組でもなくドラマでもなく、通販番組でした。通販番組において出演者達は、その商品を使うことによってあなたの人生は薔薇色に輝く、と口を揃えて絶賛します。どのような商品も常に在庫は僅少で、お早めに注文しないと、薔薇色の人生は手に入らないかもしれないのです。

それは、確実に「終わりが見える」番組でした。商品は常に最高の品質であり、それにケチをつける人もいなければ、論争も巻き起こらない。出演者は皆、元気で感じの良い笑みを浮かべ、最後は「お電話、お早めに！」で終了するという、「想定外」が一切無い展開が、安心をもたらしてくれました。

今回のコロナ騒動がもたらす不安は、人生の不安を濃縮させたようなものなのかもしれません。通販番組のように予定調和で終わりたくとも、それまで経験したことのないことが突然、そして次々と起こり、それがいつまで続くかわからないということがまた不安、という。

ペストが文学や芸術に様々な影響を与えて新しいものが生み出されたように、今回もまた、時代に急ブレーキがかかったことにより、新しい感覚や現象が、生まれてくるのでしょう。人生の後半にそのような事態が発生するとは思ってもみなかったことですが、その成り行きを見ることができるよう、そして自分の中の変化をも見ることができるよう、今はしばし、引きこもっていられる時間に、身を委《ゆだ》ねたいと思います。

好きなように老けさせて

私が仕事をする部屋は二階にあり、窓からは柿の木が見えます。秋になると、手を伸ばせば柿の実がとれそうなほどの距離にあるその木の上半身を、私は日々眺めつつ仕事をしているのです。

柿は落葉樹ですので、季節とともに眺めは変化してゆきます。春は、赤ちゃんのような若葉が顔を出す頃。

「萌えいづる春に？」

「なりにけるかも！」

と、コール＆レスポンスをしたくなるような眺めです。

その若葉がぐんぐんと大きくなる季節は、人で言うなら第二次性徴期といったところでしょうか。成長の勢いにやられて、こちらまで鼻血が出そう。

五月にもなれば、中学生か高校生か、という新鮮さで、うぐいす色の葉が青空に映えるのでした。その表面は眩しいほどにツヤツヤで、水分も油分もしっかり蓄えている。

大きさは一人前、けれどまだ繊細な風情も湛える葉が、太陽の光を存分に浴びる様を見て、「若いって、こういうことなのよね……」と、私は思うのです。何もしなくとも輝くように美しい時が、私の人生にもあったのだなぁ、と。

梅雨の時期に地味な花を咲かせると、それは柿の木にとっての成人式。夏になれば、強い日差しを浴びた葉は次第に深緑色になり、厚みを増していきます。人で言うなら、社会人としてバリバリ働いたり、子育てを頑張っている、という時でしょうか。色々な経験を積んで、ちょっとやそっとのことでは動じない強さを備える時期です。

そして、秋。夏の間は小さく青かった実が次第に大きくなり、台風が来ても落ちずに頑張ったものが、やがて色づきます。すっかり柿の実が茜色《あかねいろ》に熟したその季節、私は窓の外を眺めつつ、

「五十代くらい、なのかなぁ」

と思っているのでした。

大きくなった実は、人間で言うならば子供や仕事の実績といった存在でしょう。実が太っていく一方で、葉の方はといえば、まだらに黄味がかったり赤味がかったり。夏の間に強い紫外線をたっぷりと浴びた葉は秋になればみずみずしさを失い、病葉《わくらば》も目につくのです。

晩秋になって、一枚また一枚と落ちてゆく柿の葉。私は、「O・ヘンリーか！」と自分に突っ込みつつ、その様を我が身と重ねるのでした。

「柿の葉死して、実を残す。さて私は……？」

などと思いつつ。

植物を見ていると、時間は誰の上にも平等に経過することを実感します。柿の木にしても、若葉のうちに春の嵐で散る葉もあれば、冬になっても最後の一枚として枝についている葉もあるけれど、最終的には全ての葉が散って、木は丸坊主になるのでした。次の春まで生き続ける葉は、決してないのです。

我々もまた、同様。若く見えるとか老けて見えるとか、早死にするとか長生きするとかいった差はあれど、実はそれは大した違いではない。最終的には皆、同じところに着地するのです。

このように木をじっくり眺める自分に、私は年齢を感じています。若い頃は、植物に対する特別な興味は持っておらず、ただ「木が生えているなぁ」「花が咲いたなぁ」とだけ思っていました。おばさん達が花の写真を撮って喜んでいる姿を「何が楽しいのだろう？」と見ていましたが、今や自分も、花を見ては写真を撮り、柿の木を見ては「嗚呼」とか思っている。

柿の葉っぱのように、誕生から死までが一年かからない短い一生であれば、忘れる間もなく、日々の変化に自覚的になりましょう。が、我々の一生は、八十年とか九十年といった長丁場。変化もゆっくりなので、「このまま変わらずにいられるのではないか」と、つい思いがちです。

しかし時は非情であり、ゆっくりであっても、変化は確実に進みます。じわじわと進む変化に不安が募るからこそ、人は健康や容貌、平和な日々といったものが変わらぬようにと祈るのです。

とはいえ現代は、衰えないこと、すなわち「永遠」を求める欲望が、最も薄れている時代である気がしています。昔の人は永遠の命を求めておまじないをしたり薬を探し求めたりしたようですが、長生きするのも大変だということがわかってくると、「あまり長生きせずポックリ死にたい」という人が増加。また、一時は「美魔女万歳」的な風潮が強くなりましたが、その反動から「グレイヘアも素敵」「シワも生きた証」という時代になってきたのです。

無理に時を止めようとしなくてもよくなったのは、喜ばしい傾向です。しかし一方で、「外見は老化してもいいけれど、精神を老化させてはいけない」という風潮が強くなってきたことに、私は懸念を抱いているのでした。

今は、いくつになっても、

「どうせ年なんだから」

「こんな年だし」

と、何かにチャレンジすることを諦めるのは、ご法度《はっと》。六十代で海外留学をしたとか、七十代で資格取得の勉強に挑戦、といった事例をたくさん見せられ、

「いつまでも心は若く！」

「好奇心を忘れないで！」

と、中高年達は尻を叩かれています。

以前も書いたように、若い頃から心が老けていた私。やっと外見は「年相応に老けてもいい」ということになってきたのに、「でも中身は若いままでいてね」とは殺生な……、と感じています。外見も個体差が大きいものですが、精神もまた同様。既に精神が老けている私にとっては、「いつまでも精神は若く」というのは、若い外見を保つよりも難しいことに思えます。

特にやっかいなのは、ただ若い気分でいればいいわけではなさそうなところです。中高年に求められる精神的若さとは、「未成熟」という意味ではありません。成熟すべきところは成熟している一方で、他人に迷惑をかけない範囲でのみ、若い心を残しておくことが望まれているのです。

たとえば、性に対するチャレンジ精神が若い頃のままだと、「ヒヒじじい」「ヒヒばばあ」と白い目で見られることでしょう。身体の不具合を抱えているのに激しいスポーツにトライすれば「年寄りの冷や水」となるし、自身を客観視せずに若者のような格好をすると「痛

い」となる。そしてうかつに若者からの誘いに乗ったらオレオレ系の詐欺でした、ということもありましょう。「いつまでも若い心で」というアジテーションをそのまま信じると、痛い目にあいそうです。

前章でも述べたように、私はコロナ騒動下における自宅蟄居《ちっきょ》生活を、自分に合ったライフスタイルであると感じています。それは、ひと昔前のお年寄りの隠居生活に近いのであり、アクティブでもなければチャレンジングでもないのですが、私にとっては苦ではなかった。

そんな日々の中で私が思うのは、

「そろそろ、心も自由に老けさせて！」

ということなのでした。もちろん、七十代でユーチューバーになったり、八十代でエベレストに登ろうとしたりといったニュースには「素晴らしい」と思うのですが、その手の人がいる一方で、普通に老けていく人がいてもいいのではないか。

芸能界で活躍する女優さんなどを見ても、今は「外見は老けても、心は老けない」という流れになっているようです。昔の女優さんであれば、一定以上の年になると、どんどんお化粧が厚くなっていったものですが、今はシワなども隠さない人が多い。その一方で、「精神のみずみずしさは失っていない」という主張は、激しくなってきました。

もちろんその姿勢は、悪いことではありません。女優さん達の姿を見て、「私も！」と発奮する人もいるでしょう。しかし私はそんな女優さんの姿を見つつ、やはり「そんなに『老いる』のはいけないことなのか?」と思うのでした。

日本のメディアでは今、「老人」「老いる」「老ける」「初老」といった「老」の字を使用した言葉の使用が忌避され、まるで差別用語のような扱いとなっています。「老人」は「高齢者」や「お年を召した方」に、「老ける」は「加齢による変化」となり、「初老」は「プレシニア世代」などと言われるようになりました。

「老」だけではありません。「更年期」は「ゆらぎ世代」とか「大人思春期」などと言われることもあって、聞いているだけでむず痒い気分に。昔から、日本人はややこしい問題については曖昧な言葉に言い換える習性を持っていますが、「年をとった人」の扱いについても同様なのでしょう。

この手の言い換えは、「年をとる」ことが望ましくないことだと認識されているからこその気遣いなのです。年をとっている当事者は、さらなる老いが怖いから、そのものズバリを表現するのも怖い。そして非当事者は、「ストレートに表現したら年をとっている人に悪いのではないか」という気持ちが募って、曖昧表現を多用。当事者・非当事者共に、心の中で老いを差別する気持ちがあるからこその表現です。

腫れ物に触るように「年をとった人」が扱われている今と比べますと、我々の祖父母世代の方が、年をとることに対しては楽に構えていたような気がしてなりません。今の中高年

が、
「年齢にとらわれない！」
と合言葉のように言っているのに対して、昔の人は、心身ともに年齢コンシャスに生きていました。年をとったなら、引退して子供に家督や台所の権利を譲り、自身は隠居。還暦、古希、喜寿……などと、節目ごとに長寿が寿がれていたのであり、そこには「若くあらねばならない」というプレッシャーは、なかったのではないか。

我々もここにきてやっと、「いつまでも若い外見で」というプレッシャーから解放されました。一方でそれとバーターのように「でも、中身はずっと若いままでね」となったのは、そこに「『老』より『若』の方が価値がある」「老いたら負け」という思想が厳然とあるからなのです。

しかし私は、ここであえて問いたい。老けること、そして老いることはそんなに悪いことなのか、と。人間の心身が自然のままに老いたり老けたりすることに無抵抗でいるのは、怠惰であり罪悪なのでしょうか。

もちろん、「老いたくない、老けたくない」と考えるのは自由ですが、人には得手不得手、そして老化の早い部分とそうでない部分があるものです。「ここだけは、若返りは無理。好きなように老けさせて！」と思う部位が、人によってあるのではないでしょうか。

近藤サトさんの場合は、それが髪の毛だったのであり、いちいち染めることの不自然さに気づいて、グレイヘア宣言をされました。そんなサトさんも肌はと見れば若いのであり、いち早くグレイヘア宣言をしてブームを巻き起こすことができるということは、きっと心も若いのだと思う。

余談となりますが私の場合、割と自信があるのは、骨盤底筋です。今のところ尿もれ経験が無いのは密かな自慢であるものの、前述の通りいかんせん心は老けている。小学校三年生の頃から傾向はあったので、それを個性と言うのか老化と言うのかは定かではありませんが、とにかく若々しいキャッキャした性分が著しく薄いのです。

若い頃は、若っぽい心を持っているかのような偽装をしようと、頑張ってもみました。否、若い頃のみならず、その後も自分なりに、「心が若いフリ」を続けたつもりではあります(バレてはいたが)。

しかしウイルスによるステイホーム生活で思う存分に内向してからは、「自分の〝地〟は、これだった」と自覚。もうそろそろ無理をしなくてもいいのではないか、という気持ちになってきたのです。

それは私にとって、心のグレイヘア宣言と言っていいのでしょう。昔の日本人のように、恬淡《てんたん》の域に入って自然と枯れていくのも悪くないのではないか。……ということで、「これからは心の老化を隠さず、自然のままに老けていきます」という気分。

サトさんは、髪は白髪を隠さないけれど、心は若い。私は、白髪は隠すけれど、心は老けている。このように、人による老化の濃淡を認めつつ生きていけたなら、人はかなり楽になるのではないかと思う次第。

世の中では、「年齢という呪縛」などと言われることもあります。年齢が、呪いのように行動を制限するのだ、と。

しかし、年齢を意識することによって行動が狭まる部分もあるかもしれませんが、反対に広がる場合もありましょう。たとえばあちこち動き回ることは難しくなってくるかもしれないけれど、今いる場所を、下へ下へと掘っていくことは、可能なのではないか。

年をとっても、若者と同じようなことをし続ける人を見ると、私は「すごい」と思います。反対に、年をとったからこそできること、年をとらないとできないことをする人も、私は素敵だと思う。

そして今、五十代の私がこれから目指すであろう道は、おそらく後者なのです。心身の老化をしげしげと見つめ、「こんなになるのね……」と思いつつ、その中で何ができるかをもがきながら探していく、という人生を、私は歩んでいくのではないか。

我々は先祖代々、葉が落ちたり花が散ったりといった自然現象に、うつろいゆく世の中や、老けゆく自分を観じてきました。自分もやがては落ちていく葉っぱの一枚であるならば、その前に水分や油分が抜け落ちてカサカサしたり、虫に食われたり、色が変わったりしていく様を体験しておかなくては勿体ない、と思うのは私が強欲だからなのか。年齢にとらわれ縛られ、それが自身に食い込む中で見えてくるものを、逃さず見つめていたいと私は思います。

付録

ガラスの50代　読者大アンケート

- 体幹トレーニングによるボディ改革。この年でもちゃんと成果が出るので、ますますやる気に。
- キーボードで弾き語り。
- 刺繡、かぎ針編みなど手芸で瞑想状態になる。
- 自撮りコーデの Instagram 投稿。
- ボーイズラブ二次創作。長年の趣味。
- ホットヨガ。
- 腸活レシピ。
- 外出自粛を機に始めた家庭菜園。手をかけたらかけただけ、葉を広げ、花をつけるので楽しい。ピーマンの花が咲いたというだけで、朝からテンション高めに。
- 美味しい珈琲を淹れる。珈琲の道具をネットショップで少しずつ集めている。
- 英語の勉強。
- バレエのレッスン。子供の頃やりたかったことにチャレンジ。優雅とはほど遠い姿ながらも楽しい。
- アンケートモニター。
- ウォーキング。帰宅訓練、転倒予防のために。
- インスタで人の豪邸拝見。
- 大学の公開講座（ただし今年度は殆ど中止）。
- 人生後半に向けての生活シフトチェンジ。衣類や家財道具などのシンプル化、日本と海外での半々生活の計画。
- 中学生レベルの勉強。主に数学と日本史。
- ボルダリング。
- 断捨離。
- オンラインゲーム。
- 昔の朝ドラ鑑賞。「おしん」「はね駒」など、リアルタイム当時は分からなかった深さがある。
- 海外ドラマ鑑賞。アメリカホームドラマから韓国の時代劇まで頭が痛くなるほど一気見してしまい、そのたび反省。
- 宝塚専用チャンネル。観劇が叶わなかった 10 代の頃の映像を観ていると、大人になって良かったと心底思える。
- ウクレレ演奏。
- テレビ体操。
- K-POP。
- マツコ・デラックスさん。視点やコメントが面白く、出演しているほぼすべての番組を視聴している。
- 能楽。

・DIY、絵。もっと上達したい。
・現状維持のための鍛錬。
・ボビンレース。
・小さい息子が2人いるので、今までの人生になかったアウトドア活動に挑戦。
・定年退職したら金髪のベリーショートにしたい。
・身辺整理して身軽な暮らしにシフトしていきたい。
・ニットデザイン、クロスステッチ、こぎん刺し。
・1人海外旅行。イタリアでフランチャコルターを楽しみたい。
・ウルトラマラソン。
・楽器演奏再開。
・FP2級資格取得。
・国内各地を一人旅で全都道府県制覇。
・実家の片付け。
・競技ゴルフ。
・ピアノのレパートリーを増やして難しい曲に挑戦したい。
・引越し。
・長距離走。
・仕事に関係ない、自己満足のための資格挑戦。
・忙しくて読めず積んである本を読破。
・世界一周旅行。
・有酸素運動、技術士受験。
・何か創作活動。
・社交ダンスの個人レッスンを受けて、パーティーでのデモンストレーションに挑戦したい。
・本格的なヨガを習いたい。
・イタリア語再学習。
・海外の人に日本文化を伝えたい。
・ドイツの大小の歌劇場でローカルのオペラを観たい。
・環境保護活動。
・カリグラフィー。
・両親から卒業し、心から自由になりたい。
・今の仕事を辞めてフリーランスになりたい。
・サンチャゴ・デ・コンポステーラ巡礼。
・習字。
・英会話再開。海外の方とコミュニケーションを取れるようになりたい。
・エッセイを書くこと。
・孫との外出。

誰にも言えない秘密を教えてください。3

- ずっとコロナ世界であればいいと思っている。
- 母親がカルト教を狂信している。
- かつてダブル不倫していた。
- 仕事でミスに気づいたが、黙っていれば誰も気づかないだろうと黙っていた。
- 野菜を洗わずに料理している。
- 高額なお買い物。
- 職場の部屋に足を踏み入れた時にグニュッとした感触があり、床のコンクリートを塗り直したばかりだったことを思い出した。誰も見ていなかったのをいいことに逃げ出してきたが、今でも私の足跡が残っている。
- 貯金額。
- 自分の母親が生理的に大嫌い。いつまでも娘に好かれたいと色々構ってくる。
- 小学校のクラス会で再会した男の子にもう一度会いたい。
- 20歳下の9年越しのセフレの存在。
- 眠れない時は一人エッチをするとよく眠れる。
- 某週刊誌に載ってしまった。
- 1人で介護している両親を心の中で何回も殺している。コロナで死んでくれたら楽なのにと思ってしまう。
- 元彼たちを思い出しては「あいつら死んでてくれないかなぁ」と今頃になって恨みを募らせている。
- 夫以外に彼氏が2人いる。1人は6年め、もう1人は10年めになる。
- 実年齢。小学生の息子にも知らせていない。
- 元彼とデートしたい。
- 元彼が逮捕された。
- 40代は肉食系だった。
- 家族と離れて1人暮らししたい。
- バレエのレッスンに通っていること、そしてその高額なレッスン料。

性生活はありますか。4

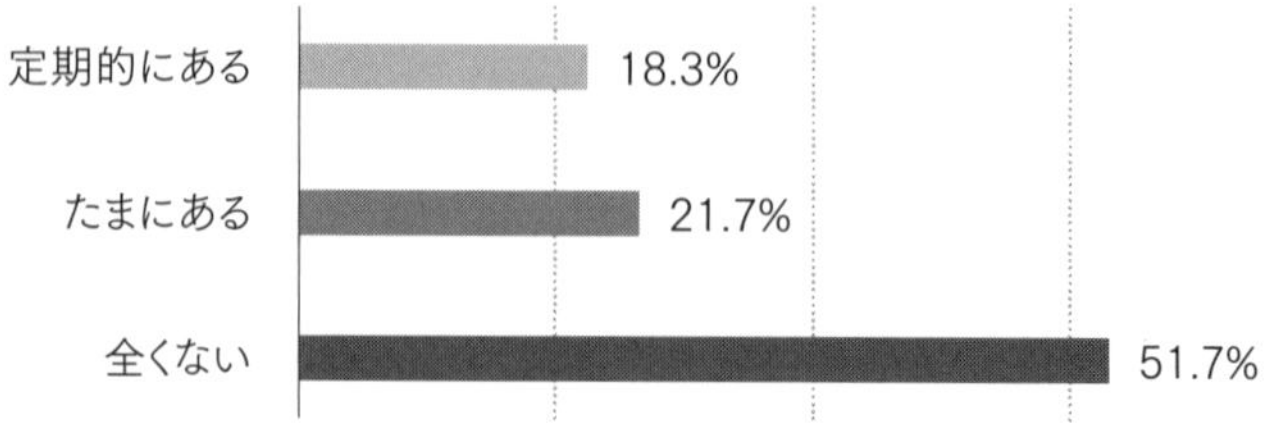

- 飼っている犬が高齢で、亡くなった時のペットロスが恐怖。
- 老後資金。
- コロナの自粛生活が終わったら、ママ友との会食など以前の生活をまた始めなければならないこと。
- 自分のキャリアと子育てと家のローン返済と自営業の夫とのバランスの取り方。
- わが子の会社の倒産。
- 風邪が治りにくくなった。
- 認知症や実家の処分など、両親の今後について。
- この年齢で本当にやりたかった仕事を望んではいけないのか。
- 目が疲れやすくなった。朝からずっと活字を追っていると、夜には疲れてしまう。
- 高校生の娘と気が合わない。
- 家事が嫌い。
- 体力の衰え。無理が効かなくなった。
- 家庭内マイノリティ。
- 後輩からの追い上げがしんどく仕事を辞めたいが、お金も欲しい。
- 法事の手配。親族呼ばないで自分だけとか駄目なのか。
- 老後生活は大丈夫か。
- 正直、老いていく自分が怖くて仕方ない。
- 無駄に広い実家の土地の整理。
- コロナによる子供たちの将来への影響。
- 認知症の姑。
- 夫が嫌い。彼の出すすべての音が耐え難い。
- 息子が就職できていない。親の心配をよそに本人はどこ吹く風。奨学金の返済もあるというのに……。
- 親の看取りが終わるまで時間が取れない。
- もう少し頻繁にセックスしたい。
- 差別意識を減らしてリベラルな人になりたい。
- コロナ禍で夫と過ごす時間が増えたが彼氏に会えない。
- 容貌の衰え、どんよりする頭。
- 両親にまとまったお金を渡して離れたい。
- 自由になるお金が欲しい。
- 夫との会話がない。
- いつまで生きるのか。
- 既婚娘とのつきあい方がわからない。
- リモート会議の自分が美しくない。ライトニングで誤魔化す技を知りたい。

- PC 操作。
- 海外旅行。
- 結婚、出産、子育て。子供と一緒に自分も大人になれた。
- とにかく遊びまくったこと。社会貢献もせず、何の責任も負わずに。
- 40 代半ばに仕事をやめて大学院に進学し、博士論文を書き、学位をとったこと。
- ストレッチ。
- 運動習慣。
- 恥をかくこと。
- 苦手と得意を知ること。
- それなりの貯金。
- 留学。
- 歯の矯正。
- 離婚、子育て、親の介護、看取り、孫の誕生……望んでいないことをひたすらこなす日々だったので、しておいてよかったことは浮かばない。
- 高価な洋服を買いまくったこと。
- 若い頃はツーリングやキャンプにハマっていた。最近までその時間を勉強やスキルアップに使わなかったことを後悔していたが、その自由だった時間もよかったのではないかと思うようになった。
- 何度もくじけそうになりながら、子育てと両立してなんとか仕事を続けたこと。
- バイクの免許取得。
- 転職。
- 学校の勉強、資格の取得。若い頃に覚えたことは忘れない。
- 内心面倒と思いつつも続けていた人との付き合いをすっぱりやめたこと。
- 脱毛。
- 自立。
- 若いうちに異性と派手に交遊しておいてよかった。
- 実家から離れて暮らす。
- 感じるセックスを知る。
- 貯金。
- 思う存分の婚姻外のお付き合い。
- 出産。閉経したのでしようと思ってももうできない。

「50代になったらやめた方がよい」と思うことを教えてください。7

・無理な運動。
・昔を懐かしむ。
・いまの仕事が本当にやりたかったことなのか、などキャリアの見直しをしないで働き続ける。
・人に迷惑をかけなければ、やめなくてはならないことは基本的にはないと思う。
・飲み過ぎ食べ過ぎ。
・見栄を張る、無理をする。
・飲酒。
・好きではないこと。ホームパーティーとか。
・甘いものの食べ過ぎ。年齢とともにやせにくくなるので運動量は増やした方がよい。
・必死に仕事すること。気乗りしない付き合い。
・ミモレ丈のスカートをはく。
・人と比べる。
・自分の価値観だけで正義を振りかざさない。
・無駄な買い物。なかなかやめられないが。
・喫煙。見た目にも悲壮感がある。
・建前だけのお付き合い。
・ストレスによる過食。
・他人を変えようと一生懸命になる。
・夜遊び。
・腐れ縁の友人やグループと、自分を偽って付き合うのはやめた。初めて自分1人で考え生きていく覚悟ができ始めた気がしている。
・体力の過信。
・20代、30代と張り合う。
・汚さが目立つワイルドな服装、髪型、化粧。
・短いスカート、スニーカー。
・他人軸で生きる。
・ラメのアイシャドウを涙袋に付ける。
・白髪染め。
・親への依存、子供への依存。
・夜更かし。やめた方がいいというより、できなくなる。
・執着。
・ワイヤー入りブラジャー、痛いのに無理して履くパンプス。
・自治会、年賀状。

50代にできなくなったこと、嫌いになったものを教えてください。8

- 夜更かし。昼まで寝る。
- 身体が冷えるようになったので、グラニュー糖を使った食べ物を摂らないようにしている。
- 異性の目を気にする。
- ハードワーク。
- スイーツ食べ放題。
- 満員電車に乗る。
- ラーメン二郎は無理になった。
- 夜遊び。にぎやかな人たちとテンションを合わせる。
- 友達と飲みに行く。
- 膝が痛く、立ち仕事ができなくなった。
- とっさに走れなくなった。
- 不倫。
- 広く浅い付き合い。SNS は面倒くさくなってきた。
- 人と群れる。
- 目が弱り、読書が苦手になった。
- 人付き合いも断捨離したくなった。
- 白々しい義理の会話。
- 芸能レポーターの無責任なコメント。
- ハイヒール。
- トレンドを追う。がんばってアンテナを張っていたが面倒くさくなり、価値も感じなくなってきた。
- 手芸が好きだったが、目が見えづらくなり以前のような仕上がりにならなくなった。
- 座骨神経痛が顕著になった。
- 駅の階段を駆け下りる。
- 愛想笑い。くだらない集まり。
- 忙しい日々。
- 1日に3つのタスクをこなす。
- 脂っこい食事。胃がもたれるので。
- 知らない人との性交渉。
- 根気がなくなった。

50代にできるようになったこと、好きになったものを教えてください。9

・人に対して寛容になれた。
・人に対して期待をしなくなった。
・異性の目をいい意味で気にしなくなった。
・自分ひとりの時間。
・他人と比較して落ち込まなくなった。
・嫉妬心から解放された。
・筋力ストレッチ。
・自分と異なる価値観、考え方の人を受け入れられるようになった。
・四季の移り変わりを観察することが好きになった。
・周りへの気遣いを忘れないながらも、素直に感情を表せるようになった。
・バスで街めぐり。
・昔ながらの古い物・古い道具類・古書。
・BOYS AND MEN というグループのファンになった。
・ボルダリング。
・メルカリ。
・嫌なことを上手に伝えられるようになった。
・自分が好きになった。
・プレゼント上手になった。
・若いころは体を動かしていたかったが、何もしない時間が好きになった。
・芸術に関心が高くなった。
・抵抗なく謝れるようになった。
・いらないものを断れるようになった。
・ブラックユーモア。
・相手の気持ちや立場ばかり考えてきたが、気にならなくなって楽になった。
・ひと休みができるようになった。
・パクチーが好きになった。
・怒りをコントロールできるようになった。
・1人でバーへ行けるようになった。
・1人ご飯。
・幅広い年代とコミュニケーションできるようになった。
・子供達の人生は親とは違う、と認識できた。
・瞑想、仏教研究。
・筋トレして腹筋が割れた。

初出
mi-mollet
2019.1.8～2020.6.23

mi-mollet.com

装幀
大島依提亜

ガラスの50代《だい》

2020年11月16日　第1刷発行
2021年10月28日　第2刷発行

著者　酒井《さかい》順子《じゅんこ》
発行者　鈴木章一
発行所　株式会社講談社
東京都文京区音羽二—一二—二一
〒一一二—八〇〇一
電話　［出版］〇三—五三九五—三五〇四
［販売］〇三—五三九五—五八一七
［業務］〇三—五三九五—三六一五
印刷所　凸版印刷株式会社
製本所　株式会社国宝社

ISBN978-4-06-521121-2
N.D.C.914 224p 20cm